T0290789

Etty en los barracones
Amor y amistad en tiempos de Hitler

A Elisabeth,
el alma y la música
de su estupenda familia

Editorial Bambú
es un sello de Editorial Casals, SA

© 2018, José Ramón Ayllón
© 2018, Editorial Casals, SA
Casp, 79 – 08013 Barcelona
Tel.: 902 107 007
editorialbambu.com
bambulector.com

Las cartas de Etty han sido extraídas del libro
El corazón pensante en los barracones
(traducción de Natalia Fernández Díaz).
Barcelona: Anthropos, 2005.

Diseño de la colección: Miquel Puig
Ilustración de la cubierta: Carmen Segovia

Primera edición: febrero de 2018
ISBN: 978-84-8343-548-9
Depósito legal: B-29860-2017
Printed in Spain
Impreso en Anzos, SL
Fuenlabrada (Madrid)

Cualquier forma de reproducción, distribución,
comunicación pública o transformación de esta
obra solo puede ser realizada con la autoriza-
ción de sus titulares, salvo excepción prevista
por la ley. Diríjase a CEDRO (Centro Español de
Derechos Reprográficos, www.cedro.org) si necesita fotocopiar o escanear algún fragmento de
esta obra (www.conlicencia.com; 91 702 19 70 /
/ 93 272 04 45).

Etty en los barracones

Amor y amistad en tiempos de Hitler

José Ramón Ayllón

bam bú

EDITORIAL

Primera parte

Agosto de 1942

La chica enviada por el Consejo Judío se ha presentado hace tres horas, cuando el sol moría en lo alto de la ladera. El sonido amortiguado de sus tacones me anunció que venía por el pasillo desierto del barracón de oficinas. Al llegar a la última y leer «Supervisor del campo», se detuvo en el umbral de la puerta abierta. Sentado frente a ella, inclinado sobre una mesa de escritorio, lápiz en mano, yo repasaba a conciencia las columnas de un cuaderno de asientos después de haberme equivocado varias veces. Me dolía la cabeza y tenía por delante otras dos horas de rutina burocrática, así que me excusé por no levantar la vista.

–Deme unos segundos y termino de cuadrar esto.

–Por supuesto, señor.

–Puede llamarme Korman, señorita.

–Sí, señor Korman.

A pesar de mi ropa gastada y de frisar los treinta, la gente del campo suele llamarme señor Korman, incluso algunos guardias. Parece el tratamiento adecuado para un tipo alto y con voz grave, calvicie prematura, gafas de contable y, sobre todo, un trabajo importante en las oficinas que controlan el flujo de judíos en Westerbork.

Fiel a mis rutinas apagué el flexo, levanté la cabeza, me ajusté las lentes y sonreí. La muchacha permaneció plantada en el umbral, sin moverse un milímetro, pero me devolvió la sonrisa en la penumbra del pasillo.

–Disculpe. Puede pasar y sentarse, señorita...

–Esther Hillesum. Pero puede llamarme Etty, señor Korman.

Su voz era clara, con entonación musical y alegre. Tomó asiento en la única silla disponible, al otro lado de la mesa. Me miró unos instantes con el busto erguido y la expresión serena. Después levantó la vista y reparó en los cuatro autorretratos colgados en la pared, a mi espalda. Volvió a mirarme con detenimiento y sonrió.

–Agradecemos su presencia en Westerbork, Etty. ¿Ya está usted alojada?

–No del todo. Acabo de dejar mi maleta en el barracón de las enfermeras.

–¿Tiene experiencia con enfermos?

–Solo un curso de primeros auxilios en el hospital Braunfels. Mis estudios en la universidad –añadió Etty con tono de disculpa– han sido Derecho y Filología Eslava.

–Aprenderá rápidamente, no se preocupe.

–Eso espero.

–¿Qué le gustaría saber sobre Westerbork?

–Todo lo que pueda, señor Korman, pero de momento me conformaré si me dice quién manda en el campo.

–Veo que es usted práctica. Hasta la semana pasada mandábamos los nueve jefes de los barracones masculinos. Pero la ocupación alemana ha convertido el campo de refugiados en campo de prisioneros, bajo la autoridad absoluta del comandante nazi. Es él quien nombra a los kapos.

–¿Los kapos?

–Me refiero a judíos con funciones policiales, seleccionados entre los prisioneros de peor calaña.

–¿Y los jefes de los barracones, señor Korman?

–Ahora hay jefes y kapos con competencias diferentes. El más importante de los jefes es el supervisor Boris Maikov, una especie de *primus inter pares*.

–¿Es ruso?

–Un ruso que ha perdido todo en la vida, salvo a su hijo Vitali. Le llamará la atención la energía y la autoridad que posee. Usted me ve ahora en su oficina porque a menudo le echo una mano con esta pila de papeles.

–¿Quiere que le ayude, señor Korman?

–Gracias, no se preocupe. Es un trabajo pesado, pero tiene su recompensa. Si la burocracia funciona, el campo funciona. Además, lo que en realidad contienen estos papeles no son datos fríos, sino personas con derechos y dignidad.

–No se me había ocurrido –reconoció la muchacha.

–Por otra parte –añadí–, este destartalado cuarto es un buen refugio cuando la agitación y el desorden pesan demasiado.

–¿Qué hacen exactamente los jefes, señor Korman?

–Digamos que nos corresponde organizar la vida en el campo: horarios, suministros, distribución de trabajos, escolarización, actividades lúdicas... A diferencia de los kapos, no somos prisioneros y hemos sido nombrados por el Consejo Judío.

–¿Con algún criterio especial?

–Por supuesto. El Consejo ha valorado la capacidad de entenderse en tres lenguas, la experiencia en organización de grupos, haber estado en el frente o en prisión, gozar de buena salud y tener formación universitaria.

–¿Por qué universitarios?

–Creo que este requisito obedece al único mérito que todavía reconocen los nazis. De hecho, cuando tienen que tratar con nosotros se arrugan ante un médico, un ingeniero o un catedrático. Supongo que nuestra cualificación les impide mirarnos como a ratas judías.

Más que escuchar, Etty parecía grabar mis palabras como si estuviera ante el oráculo de Delfos.

–Me ha parecido, señor Korman, que el ambiente de Westerbork es muy internacional.

–Así es. Quien quiera aprender idiomas lo tiene muy fácil aquí –bromeé.

–Hasta ahora, todo lo que yo sabía de Drente es que era una región con dólmenes prehistóricos. Y, de repente, me encuentro con un campo rodeado de alambradas, donde viven refugiados alemanes y gente que ya ha estado en Buchenwald o en Dachau. Me han dicho que hay bávaros, sajones, frisones, limburgueses..., y toda esta variedad concentrada en un espacio mínimo.

–La realidad suele ser así de variopinta, señorita. Pero muy pocos la conocen.

–Pienso lo mismo, doctor. Para ordenar tantas impresiones, me gustaría saber algo de usted, siempre que no lo tome como una intromisión.

–En absoluto. Pero llevo encerrado demasiado tiempo entre estas cuatro paredes. Si le parece, salimos y caminamos unos minutos. ¿Prefiere campo o ciudad?

–No le entiendo...

–Podemos caminar entre el bullicio de los barracones o pisar la hierba de la ladera.

–¡Ah! Prefiero la hierba, gracias.

Caía la noche cuando cerré la oficina. Después eché el candado al portón y nos encaminamos hacia la pradera inclinada que cierra Westerbork por el oeste. Su rectángulo ondulado tiene la extensión de un pequeño campo de fútbol, y en las esquinas respetadas por el balón la hierba es alta en agosto, salpicada de amapolas, margaritas y altramuces. Mientras cruzábamos el canal reanudé mi explicación.

–Como usted sabe, Etty, en la perversa valoración de un nazi lo más detestable del mundo es un judío; por debajo del judío, un polaco; a continuación, un austriaco, especie de eslabón perdido entre el mono y el hombre. Pues bien, yo soy las tres cosas.

–¿Polaco y austriaco, señor Korman?

–Sí. Tengo la doble nacionalidad por haber nacido en Varsovia y por haber vivido en Viena desde muy niño. Respecto a mi tercera seña de identidad, cuando cumplí diez años mi padre me explicó lo que significaba ser judío: «Recuerda que perteneces a un club del que no se dimite», concluyó gravemente.

Al otro lado del canal están los barracones femeninos, y detrás arranca un sendero hacia los álamos que coronan la ladera. Arriba, por el camino paralelo a la alambrada, logré resumir mi agitada vida en pocos minutos. Ahora Etty conoce mi nacimiento en Polonia, el exilio de mis padres a Austria cuando yo tenía cuatro años, mis estudios de medicina en Viena, mis prácticas de psiquiatría en el hospital Rothschild, la inesperada muerte de tu madre después del parto...

Nuestra familia

¿Por qué te cuento esto, Daniel? Aunque ahora estarás aprendiendo a hablar, algún día serás capaz de leer y entender lo que escribo, y quiero que a partir de ese día puedas entrar en Westerbork y en Europa con solo abrir este cuaderno. Lo acabo de empezar, casi con la obsesión de que tú y otros muchos lectores podáis comprender esta época desquiciada, alimentaros de la memoria y el sentido en un mundo que nunca será igual después de las atrocidades que ahora se están cebando sobre él.

Llevo mucho tiempo retrasando estas páginas, hasta que la llegada de Etty Hillesum esta tarde me ha brindado un buen comienzo. Pensaba que sería una tarea árida, pero estoy notando que la escritura me libera de la presión del campo y del dolor de cabeza. Para empezar por el principio, debo decirte que toda la región de Drente parece un gigantesco bosque con árboles de mil familias. Nuestra propia prisión está escondida entre enormes castaños y robles. Para encontrarla, hay que seguir una retorcida tro-cha hasta una empalizada. Toda su puntiaguda cresta está coronada por alambre de espino que cae hacia ambos la-dos como una parra exuberante. En su interior se aprietan pequeñas casas de madera y grandes barracones oscuros. En el centro de cada uno de los barracones hay una estufa, como un ídolo de ancha barriga, pero en las noches más frías de invierno, cuando la luna baña el campamento con su luz congelada, los presos no consiguen dormir, y los re-flejos encendidos del ídolo bailan en sus pupilas.

—Las enfermeras me acaban de decir que tiene usted un hijo en Norteamérica, doctor Korman...

—Así es. Se llama Dan y ya tiene tres años.

Pensé que a Etty le bastaría esa respuesta, pero su silen-cio era una invitación a continuar. Había caído la noche y caminábamos bajo la luz metálica de las torretas de vigi-lancia.

—Me casé con Vera en mayo del 38. En junio se casó su hermana Mila con Jerzy Vajda.

—Veo que son austriacas con gustos polacos...

—Vivían en Graz. Eran chicas cultas, vivaces y viajeras. Años atrás habían pasado la mitad de un verano en la al-dea de sus abuelos polacos, en las tierras donde se reman-sa el Vístula. Al atardecer solían pasear con sus amigas por la orilla del río, en un tramo recto que facilitaba el saludo ostensible de un grupo de muchachos aficionados al pira-güismo. Así se sonrieron por primera vez Mila y Jerzy.

—¡Qué bonito, señor Korman!

—Cuando se casaron, él ya enseñaba historia de Europa en la Universidad Jaguelónica, la que en su día tuvo como profesor a Copérnico. Meses más tarde, Hitler invadió Polonia. La Jaguelónica buscó entonces contratos extranjeros a sus profesores judíos y les facilitó los correspondientes pasajes. Jerzy, con su inalterable buen humor, ya se veía con Mila a bordo de un crucero, en una segunda luna de miel. Por entonces nació su pequeño Andrej, en Varsovia, y quince días más tarde vino al mundo mi hijo Dan, en Viena.

–¡Felicidades! –exclamó Etty con entusiasmo.

–Muchas gracias. Jerzy también me felicitó por teléfono y aludió a nuestras vidas paralelas. Tenía razón. Pero con el inesperado fallecimiento de Vera, por una septicemia sobrevenida al parto, saltó por los aires esa simetría feliz y se hundió mi mundo estrepitosamente.

–¡No me lo puedo creer!

–Así es la vida, señorita Hillesum. Y un médico lo sabe mejor que nadie.

–Lo siento de veras, doctor.

Media luna aparecía y desaparecía entre las nubes, mientras descendía la temperatura. Etty caminaba en silencio, ligeramente inclinada hacia delante, con las manos atrás y la mirada clavada en el suelo.

–Quizá la estoy abrumando, señorita.

–Siga, por favor.

–¿No se aburre?

–En absoluto, doctor.

–De la noche a la mañana, mi vida se tornó insoportable, antinatural. Con mi título de médico sin estrenar, me encontré viudo y padre de un recién nacido.

–¿Qué se piensa en esas situaciones?

—De todo, y por eso prefiero no mencionar las cosas que pasaron por mi cabeza.

—Disculpe mi curiosidad, señor Korman. ¿Llegó la luz en medio de esa noche cerrada?

—Tuve mucha suerte. Jerzy y Mila me enseñaron que en las situaciones más duras se puede revelar lo mejor de las personas. Aunque cueste creerlo, mi cuñado polaco decidió que su pasaje a Nueva York iba a ser para mi hijo Dan, y convenció a su esposa.

—¿Qué dijo Mila?

—Lo aprobó y se embarcó en Gdansk con los dos bebés.

—Y llegó a América...

—No lo sabemos. Suponemos que todo habrá ido bien. Mi cuñada es una mujer valiente y con recursos.

—Me deja sin palabras, doctor. ¿Qué hizo usted entonces?

—Hice lo que pude. Como es sabido, en los países ocupados por Hitler el deporte de moda son las redadas de judíos. Por eso, a la primera oportunidad me largué a Varsovia, con Jerzy. Son las ventajas de haber nacido en Polonia y poseer la doble nacionalidad. Allí viví unos meses en su casa. Pero el peligro de ser detenidos y encarcelados era grande. Después de sopesar todo tipo de alternativas, nos pareció que el refugio en el gueto sería la menos mala. Eso fue en octubre del 40.

El gueto de Varsovia

–He oído hablar mucho de ese gueto, señor Korman, pero es usted el primer prisionero que conozco.

–Y yo me alegro de estar vivo para contarlo. ¿Qué cree que encontramos al ingresar? En un espacio delimitado por un muro de tres metros de altura y dieciocho kilómetros se hacinaban cuatrocientos mil judíos de todas las edades. Representábamos la tercera parte de la población de Varsovia, pero ocupábamos el tres por ciento de su territorio.

–¿Cómo está ahora el gueto?

–No lo sé, aunque tengo claro que merecerá un capítulo en la historia universal de la infamia. En cuanto Jerzy y yo sospechamos que habíamos caído en una trampa, decidimos largarnos a un país libre. Nos inclinamos por Holanda porque conocíamos la existencia de Westerbork. Una vez allí, ya nos las ingeniaríamos para llegar a América.

–Por lo que veo, lograron escapar.

–No fuimos los únicos. ¿Quiere que le cuente una fuga masiva e increíble? Los nazis tenían pavor a una epidemia de tifus y dieron permiso para entrar y salir del gueto a una experta enfermera polaca. Se llamaba Irena. Lo curioso es que también se apañaba como fontanera, pues conocía bien las tuberías y las alcantarillas del recinto.

–No era judía, claro...

–Tanto como usted y como yo. Pero no lo parecía porque era llamativamente rubia. Llegaba siempre impecable, de los zapatos a la cofia, y demostró una extraordinaria sangre fría. ¿Qué cree que hacía en realidad? Sacaba bebés escondidos en su maletín de enfermera y en el fondo de su caja de herramientas.

–¿Y conseguía que no lloraran?

–Resolvió ese problema con bastante ingenio. Y no solo sacaba criaturas. Para aprovechar los viajes, llevaba en la caja de su camioneta un saco de arpillera para niños mayores. Junto al saco, montaba guardia un enorme perro entrenado para ladrar a cualquier uniforme nazi. El perrazo ladraba hecho una fiera y ocultaba, con su escándalo, el llanto de los bebés. Se decía que Irena había salvado a más de dos mil en menos de un año.

–Me impresiona esa mujer, señor Korman. ¿Qué sentiría después de cada rescate, al acostarse por la noche?

–Creo que es fácil de suponer, señorita Hillesum.

–Me gustaría ser capaz de cosas parecidas, en medio de estos tiempos tan revueltos. Pero aún no me ha contado cómo escaparon del gueto usted y Jerzy.

–Resultó más fácil de lo que imaginábamos. Gracias a un oxidado bisturí y a la fuerza de Jerzy, aficionado al remo y al boxeo, nos deshicimos de una pareja de las SS durante su guardia nocturna. Después de vestirnos con sus uniformes, salimos caminando por el control principal, quejándonos de la lluvia en perfecto alemán.

—Y llegaron a Westerbork...

—Tras unas cuantas peripecias y mucha suerte. Pero eso se lo contaré otro día, Etty. Ahora debo volver a la oficina y ganar mi batalla contra los números.

—Deje que le ayude, señor Korman.

—No es necesario, créame. Prefiero que duerma y descanse.

La luna reinaba sobre Westerbork cuando bajamos la ladera, y el canal resplandecía como metal bruñido. En la noche de agosto, silenciosa y apacible, el olor de los campos de heno inundaba el campamento dormido. Acompañé a Etty hasta el portón de la zona femenina.

—Nos veremos mañana, señorita Hillesum.

—Ha sido un placer, doctor.

El campo de Westerbork

¿Te han gustado mis páginas de ayer, Daniel? Te seguiré escribiendo algunas noches, aislado en esta oficina donde el silencio y la concentración se encuentran sin esfuerzo. Vengo casi a diario, después de cenar con los jefes y comprobar que mi barracón duerme. Soy ave nocturna a la que bastan cinco horas de sueño para estar en forma. Ese plus me permite dedicar mucho tiempo a la lectura y la pintura, mis grandes aficiones, y ahora a contarte esta historia.

Aunque apenas conozco a Etty, mi ojo clínico me dice que estoy ante una personalidad poco común. Hoy ha sido su «presentación en sociedad». A primera hora se ha pegado a la enfermera supervisora y ha conocido lo que será su tarea habitual en los próximos meses. Desde media mañana se ha familiarizado con los archivos de los módulos femeninos. Al caer la tarde ha venido a mi oficina con dos pocillos de té bien cargados, se ha interesado por la biografía de Lincoln que estoy leyendo y me ha preguntado por la historia de Westerbork, que solo conoce a grandes rasgos.

–¿Campo o ciudad, señorita Hillesum?

La risa de Etty explota un instante e ilumina la escena.

–Siempre campo, doctor Korman.

Hemos vuelto a pasear por el camino de los álamos. Lleva el pelo recogido hacia atrás, como para despejar la cara y definir su expresión. Todo en ella está vivo y me parece realmente hermosa. Pasan las nubes y el sol brilla de nuevo sobre la hierba amarilla de la ladera. Etty se pone un rústico sombrero de paja y ala ancha, antes de preguntarme cómo surgió el campo. En su semblante en sombra sigue destacando la blancura de su sonrisa. Le cuento que Westerbork ha estado abierto desde octubre del 39, y que toma su nombre del pueblo más cercano, situado a quince kilómetros por la carretera de Utrecht. El gobierno holandés lo creó al inicio de la guerra, para acoger a los judíos que escapábamos de los territorios ocupados por el ejército nazi.

–Llegábamos con lo puesto. Andrajosos, demacrados, el miedo bien metido en el cuerpo. Y declarábamos ante la policía holandesa sin papeles que acreditaran nuestra identidad, pues los habíamos destruido a propósito.

–¿Decían la verdad?

–Éramos profesionales de la mentira. Tras escapar con vida de Rusia, Polonia, Austria o Alemania, estábamos decididos a no ofrecer jamás pistas sobre nuestras familias. De esa forma, si los nazis nos atrapaban algún día y pretendían tirar del hilo, los sabuesos seguirían un rastro que no llevaba a ninguna parte. Todos los interrogatorios eran similares.

»–¿Cómo se llama usted?

»–Adam Bernstein, señor.

»–¿Dónde vivía?

»–En la villa de Balice, Cracovia.

»–¿Profesión?

»–Era el cartero de la comarca.

»Pero Adam Bernstein vivía en Varsovia, era joyero y se llamaba Zacarías Grossman. Que no eran precauciones caprichosas lo pone de manifiesto lo ocurrido tras la reciente ocupación de Holanda, pues la semana pasada, de la noche a la mañana, Westerbork cambió por completo: si el lunes nos acostamos refugiados, el martes nos levantamos prisioneros del Reich.

–¿Puede contarme lo que ha pasado exactamente, señor Korman? Creo que la ocupación nazi podrá ser soportable en Holanda, pero me temo que no por los judíos.

–Ya lo está viendo, Etty. La llegada de una compañía de las SS ha transformado el campo en un *lager*: un presidio aislado del mundo por un muro de hormigón, con alambrada de alta tensión. Desde entonces, su medio kilómetro cuadrado está constantemente vigilado por esas torretas negras, provistas de reflectores, altavoces y ametralladoras. Ahora, a todas horas te sientes amenazado por la oscura silueta de esos guardias.

–¿Puedo seguir preguntando, señor Korman?

–Todo lo que quiera.

–¿Aunque mi curiosidad no tenga límite?

En las palabras de Etty me pareció apreciar un matiz de picardía.

–No se preocupe. Es importante que usted entienda cuanto antes lo que tiene entre manos.

–Entonces debo preguntarle si Westerbork era muy diferente antes de los nazis.

–Era otra cosa. Hace tres años, cuando llegué con Jerzy, el poblado estaba a medio construir. Tan solo una veintena de casitas se dibujaban en su brezal de veinte hectáreas. Eran viviendas de madera con tejados rojos. No había barracones. Tampoco alambradas siniestras ni torretas de vigilancia. Bastaban unos tramos de valla baja, unidos por apretados setos de boj y de laurel.

–¿Para cuántos refugiados?

–En cada casa solía vivir una familia, y el conjunto sumaba algo menos de dos mil personas de todas las edades.

–¿No está idealizando su recuerdo, señor Korman?

Si no fuera por la ignorancia de Etty, la pregunta sería ofensiva. Por eso pude responder sin apasionamiento.

–No estoy idealizando, señorita. Esas familias vivían, en gran medida, de su trabajo en las casas de campo de los alrededores. Ahora se ha sustituido esa ocupación libre por el forzado tendido de una vía férrea. ¿Y sabe usted en qué condiciones?

–No exactamente, señor Korman.

–Pues mire, antes de que el sol asome, los hombres y las mujeres capaces de manejar un pico y una pala salen del campo en formación, después de escuchar todos los días el mismo sermón del jefe de la escolta armada: «¡Atención, prisioneros! ¡Durante la marcha hay que respetar la formación! ¡Caminad sin dejar demasiada distancia, pero tampoco demasiado juntos! ¡No se os ocurra cambiar de fila! ¡No habléis ni miréis a los lados! ¡Las manos siempre a la espalda! ¡Un paso a derecha o izquierda será considerado como intento de fuga, y la escolta disparará sin previo aviso!».

—No imaginaba esa crueldad, señor Korman.

—Bueno, en realidad la escolta no dispara nunca. Su mera posibilidad de hacerlo es la mejor medida disuasoria. Además, los perros hacen innecesario el uso de las armas. Están perfectamente adiestrados para lanzarse sobre el primer recluso que dé un paso fuera de la fila o se quede rezagado por agotamiento.

—¿Y qué hace un perro cuando ataca?

—Primero se abalanza sobre su presa y la derriba. Después gruñe con rabia sobre su cara descompuesta y atrapa en sus mandíbulas su mano derecha, mientras el prisionero grita y se debate.

—¿No le destrozan?

—No es necesario. Le desgarran la ropa sin tocar la carne, y así le aterrorizan hasta que su amo le coge del collar y le aparta con fuerza.

—Ya veo, señor Korman, que he sido estúpida al suponer que estaba usted idealizando.

—Podría idealizar, señorita Hillesum, si le hablo de la maestra Frida, cuando en las horas calurosas de marzo abría las ventanas a la primavera, que llegaba hinchando las cortinas como las velas de un barco. En el aula de los pequeños entraba entonces el olor de la tierra y la algarabía de los gorriones, el paso de un caballo y el chirriar del carro.

—¡Magnífico, doctor!

–Gracias. Puedo idealizar si cuento la mitad de la verdad con un toque poético. Pero la idealización desaparece en cuanto añado que los judíos de Westerbork formábamos parte de la inmensa marea de europeos desplazados de sus hogares por la guerra, y que ya entonces soñábamos con el fin de la contienda, con la victoria de los aliados y una nueva vida al otro lado del Atlántico.

–¿De verdad soñaban con América?

–Y muchos seguimos soñando, señorita. Nuestro resentimiento contra el Viejo Mundo, acumulado durante siglos, se desborda de forma natural hacia el Nuevo. Nuestra tierra de origen ha dejado de ser el cálido centro del mundo y nos parece ahora una especie de inhóspito suburbio del universo. Algunos no queremos volver a un país que nos ha abandonado y perseguido; sentimos que no tenemos una patria a la que regresar, ni el corazón anclado en ella. Ítaca nos ha traicionado, y, en mi caso, Penélope ha muerto.

–Veo que la historia se repite, señor Korman. «Junto a los ríos de Babilonia nos sentábamos y llorábamos acordándonos de Sión», dice el salmista. Ahora nos sentamos junto al canal a soñar con América.

–Mejor no lo ha podido expresar, Etty. Anhelamos un país donde la vida canta a la vuelta de cada esquina, donde la libertad y el esfuerzo hacen posible cualquier cosa.

–Sí. Me han dicho que hay ancianas yanquis convencidas de que, con el entrenamiento adecuado, pueden participar en una carrera de cien metros y ganarla.

–De todas formas, abandonar un hogar es muy duro. Recuerdo que los niños pequeños llegaban a Westerbork

27

llorando. Cuando se cansaban de llorar, permanecían en silencio durante días. Solo entonces empezaban a jugar, se olvidaban de su casa y se adaptaban a la nueva vida.

–¿Y los adultos, doctor?

–Los mayores, con sentimientos encontrados, no logran olvidar sus orígenes. Y en ciertos casos, cuanto más tiempo pasa, más añoranza sienten de su antiguo pueblo, de la ciudad que han abandonado, de las montañas y los paisajes que vieron sus ojos durante décadas, de los ríos y pastizales donde rumiaban sus ovejas...

–Sin embargo, doctor, la llanura de Westerbork también es un hermoso tapiz.

–Pero no tiene nada que ver, por poner el caso de algunos de nuestros vecinos, con los montes y las colinas de Austria y Alemania, con sus casonas y sus caminos, con las espadañas de sus iglesias y ermitas...

–A pesar de todo, está claro que superaron la nostalgia.

–Por supuesto. Tuvimos que poner la añoranza en su sitio y trabajar duro. Con el tiempo, ese esfuerzo de todos dio sus frutos. Al cabo de un año no vivíamos en la Arcadia, está claro, pero disponíamos de farmacia y hospital, escuela primaria y secundaria, compañía de teatro y orquesta de cámara. Teníamos también panadero y fontanero, cerrajero y carpintero, médico y rabino. Contábamos con costurera y modista, con maestra, enfermera y comadrona.

–Veo que supieron organizarse, doctor.

28 –Hay que reconocer que nos apañábamos. Nada nos faltaba, ni siquiera dinero: lo ganábamos en las granjas y alquerías de los contornos. Aunque apenas lo usábamos, pues entre nosotros practicábamos el trueque. Comíamos de nuestro trabajo y no sufríamos trabajos forzados. Nos gustaba el orden y vivíamos con dignidad...

–Hasta que, hace unos días, llegaron los nazis, ¿verdad?

–No solo los nazis, señorita Hillesum. El miedo llegó con ellos y se instaló sobre el campo como una niebla oscura que se colaba en casas y barracones, hasta abrumarnos incluso durante las horas de sueño. Desde entonces, el bonito cuadro que acabo de describir ha sido borrado por brochazos violentos.

Van Gogh

–¿Le gusta pintar, señor Korman?

Me hizo gracia la asociación de ideas.

–La verdad es que me gusta y me descansa mucho. ¿Cómo lo ha adivinado?

–Lo he supuesto por los retratos de la oficina. Son suyos, ¿verdad?

–Sí, y se reirá si le aseguro que más de una vez he tenido que aclarar que no se trata de los supervisores anteriores a Boris. ¿Quiere saber por qué elegí a Durero, Rembrandt y Van Gogh?

–Supongo que tiene que ver con el misterio de su mirada. Al menos, es lo que tienen en común y lo que más llama la atención.

–Lleva razón. Cada persona es un mundo, pero ese mundo asoma por sus ojos más de lo que pensamos. En los ojos de Durero se pueden ver viajes y países enteros, además de una turbadora seguridad en sí mismo. El anciano Rembrandt, en cambio, nos mira con la inseguridad del que ha caído desde lo más alto y ve cercana la muerte.

–¿Y Van Gogh, doctor Korman?

–Como psiquiatra, me enfrento a su mirada doliente con frecuencia. Veo en ella, además del fracaso como pintor, el dolor insoportable de la soledad. Cuando Kate Vos rechaza su amor, Vincent se hunde y escribe algo tan verdadero como hermoso: «Es necesario que una mujer sople sobre ti para que seas hombre».

–Realmente bonito.

–En su caso, bonito y dramático. ¿Sabe usted, además, que Van Gogh pintó novecientos lienzos y solo vendió uno?

–Algo había oído. Supongo, entonces, que tuvo que soportar una carga excesiva...

–Sí. Sobre todo para un artista genial y un hombre esencialmente bueno.

Nos quedamos en silencio. Desde nuestro camino alto se divisan los extensos brezales de Drente, la campiña recién segada, granjas con enormes tejados de musgo, robles que el sol de la tarde convierte en bronce refulgente, hombres y caballos diminutos como pulgas, senderos blancos. Este paisaje le parecía a Van Gogh incomparable. A veces lo disfrutaba montado en una carreta, de madrugada, cuando las gallinas empezaban a cacarear en las casitas de la landa y el amanecer parecía, por el este, la luz de un gran fuego que ardía bajo el borde del mundo.

–Ustedes han cultivado esos campos, ¿verdad, doctor?

–Los hemos trabajado durante años, hasta la semana pasada. En primavera yo mismo me arremangué para manejar la azada algunos días. Recuerdo el olor intenso de la tierra limpia y oscura. Después vino una gran cosecha, con granos tan pesados que doblaban las espigas. La siega se prolongaba por las noches en una carrera contra las lluvias. No había hombres y caballos suficientes para tanta faena, y a veces tuve que acompañar a Boris, amontonando lo que cortaba su guadaña.

Etty camina a mi lado y me escucha con atención, mientras pasea la vista por el horizonte. Cuando llegamos a la torreta de la esquina y damos media vuelta, repara en una amapola al borde del sendero. Se sienta junto a ella y la toma en sus manos. El sol que declina envuelve a la muchacha en su luz dorada. Hay también en la escena un sombrero en la hierba, una mirada lejana y unos largos mechones que dan vida a un semblante pensativo.

–Fíjese, señor Korman, qué rojo estrepitoso el de esta flor. Y qué insignificancia en medio de un mundo tan vasto, con mares, montañas, glaciares, desiertos... Es solo una sílaba de belleza en el texto grandioso de la creación. Como nosotros en el río de la historia, supongo. Pero así está bien, satisfecha con el canto del mirlo o de la alondra, igual que yo.

De Nerón a Hitler

—¿Qué tiene el mundo contra los judíos, doctor Korman?

A estas alturas tú también te estarás preguntando, Daniel, por qué los judíos hemos sido perseguidos durante siglos, y encerrados en guetos y campos de prisioneros en nuestra época. Te adelanto que la respuesta no es sencilla y habrás de esforzarte en leer con atención lo que sigue.

La historia te enseñará que el emperador Nerón hizo arder la ciudad de Roma por los cuatro costados; después acusó a los cristianos de incendiarios, desató contra ellos la ira popular y decretó su persecución a muerte. Ese tipo de acusación se ha repetido contra nosotros en innumerables ocasiones, desde hace casi cuatro mil años.

En tiempos de Moisés, un faraón dijo a su gente: «El pueblo de los hijos de Israel es ya más numeroso y fuerte que nosotros. Deberíamos actuar astutamente contra él, para que no siga creciendo y, si se declara una guerra, se unan a nuestros enemigos, peleen contra nosotros y luego abandonen el país».

¿Qué crees que hicieron los egipcios? Nos obligaron a construir las ciudades de Pitón y Ramsés, y para ello nos impusieron el durísimo trabajo de la arcilla y el ladrillo, bajo capataces inhumanos. Pero ahí no acabó la cosa, pues el faraón dio órdenes bien claras a las comadronas hebreas, que se llamaban Puá y Sifrá: «Al asistir a vuestras mujeres en el momento del parto, si es niño debe morir».

La estirpe judía, Dan, bien puede ser la más antigua del mundo y también la más vapuleada. En las páginas de la Biblia puedes leer su historia violenta y fascinante, sin posible comparación con la de otros pueblos. Cuando sepas detalles de la esclavitud en Egipto y la deportación a Babilonia, intuirás que los dolorosos vaivenes de tu familia pueden tener sentido al enlazar con un pasado terrible y heroico. Comprenderás por qué tu padre, siendo un ciudadano libre, huyó de Alemania y de Polonia *in extremis* y se refugió en Holanda, mientras tú surcabas el Atlántico para arribar a la nueva tierra prometida americana. Y, cuando veas a Rut segando los campos de Booz, podrás entender por qué tu tía Mila quizá ha tenido que barrer y fregar las escaleras y los suelos de Brooklyn.

Nuestro último carnicero (y mi mano tiembla al escribir su nombre) se llama Adolf Hitler. Tu tío dice que, si Nerón fue un psicópata, Hitler es un personaje diabólico. Pero en sentido real, no figurado. Jerzy piensa que estamos ante un títere del mismísimo Satán, pues de otra forma sería inexplicable la magnitud de su despropósito.

¿Qué ha podido causar la aparición de semejante monstruo? ¿Qué ideas han envenenado su cabeza? Todos nos hemos hecho con frecuencia esas preguntas y hemos aventurado diversas respuestas. Lo que está claro es que, en los años posteriores a la Gran Guerra, en una Alemania encrespada por el paro, ahogada por la inflación, endeudada, empobrecida y hambrienta, el dinero de los banqueros y comerciantes judíos podía resolver muchas cosas. La justificación de la violencia antisemita fue muy burda: fuimos acusados de haber aprovechado la guerra para enriquecernos con la usura, los monopolios y la especulación en bolsa. El último paso fue echar sobre nosotros la responsabilidad de la derrota alemana.

Por repugnante que resulte, estas patrañas fueron abrazadas por la mayoría de los universitarios alemanes, muchos de los cuales serían, años más tarde, mandos de las SS y de la policía. Eso significa que Hitler cultivó una tierra previamente abonada. Quiero decir que aglutinó y radicalizó un sentir común antijudío muy fuerte. Jerzy me da un dato apabullante: en 1933 ya había en Alemania cuatrocientas asociaciones y setecientas publicaciones antisemitas. Eso explica, en parte, la indiferencia, o mejor sería hablar de complicidad, de una sociedad que miró para otra parte cuando las leyes de Núremberg prohibieron las relaciones sociales y económicas con los judíos.

Para tu tío, la historia de Alemania pone de manifiesto, entre otras enseñanzas, el peligro de permitir que la vida académica se politice, porque cuando eso ocurre se contaminan las fuentes de la verdad. Al proclamar su adhesión al nazismo, profesores de derecho, historia, filosofía y literatura han hecho de la universidad un invernadero donde crece pujante el mito nacionalsocialista.

Boris compara a Hitler con Stalin. Los dos son perfectamente ateos, no dudan de sí mismos, se muestran implacables en las relaciones personales y prefieren la fuerza al diálogo. Adictos ambos a la ingeniería social, creen que es posible desterrar y reubicar a millones de seres humanos con palas de excavadora.

Ya que tu padre es psiquiatra, Daniel, te brindo mi diagnóstico: Hitler es un psicópata, un tipo herido en su juventud por la soledad y la frustración, con la oportunidad de vengarse ahora del mundo.

El abuelo de Boris

—Perdón si interrumpo –dijo Etty con timidez, a modo de saludo.

Al término de su segunda jornada en Westerbork, después de cenar y de informarse, la nueva enfermera se tomó la libertad de presentarse en el Palace, la pequeña casa de madera donde nos alojamos los nueve jefes. Hasta el momento, ninguna mujer del campo lo había hecho. Para llegar hasta nosotros, pasó entre una higuera y un serbal, subió los dos escalones del mínimo porche, encontró una puerta abierta y entró literalmente hasta la cocina, donde las cenas se suelen alargar con sobremesas mucho más sabrosas que las sopas habituales.

Aunque no había empezado a anochecer, una aparición femenina en el Palace tendría que haber acaparado toda nuestra atención. Sin embargo, Etty se topó con un grupo extrañamente silencioso, en torno a una tosca mesa de madera. Un grupo que ni siquiera se molestó en volver la cabeza y saludar. Si la indiferencia es un pésimo recibimiento, me temo que yo fui el menos educado, pues me apresuré a mirar a la chica y llevarme el índice a los labios, sin más explicaciones. Pero había una explicación, por supuesto, y era que, dos minutos antes, Boris había comenzado a hablar.

El bielorruso es famoso entre nosotros tanto por sus silencios como por su inagotable provisión de historias. Puede pasar dos horas sin abrir el pico, atento o ajeno a la conversación común. Pero también puede, en el momento más inesperado, apurar su vaso de vodka y pronunciar las tres palabras que eclipsan de inmediato cualquier tema: «Esto me recuerda...». Dicen que Lincoln solía hacer lo mismo, pero estoy seguro de que el presidente americano no poseía ni la mitad del magnetismo de nuestro amigo. A veces sospechamos que hace trampa y no cuenta sus vivencias, sino escenas literarias de sus novelistas preferidos: Chappell, Tolstoi, Dostoievski...

–Esto me recuerda –acababa de decir Boris– al problema que tuvo mi abuelo Timofei con un oso. El viejo vivía en las orillas de un pequeño lago de montaña, a cinco o seis kilómetros de Volhov. Por su granja correteaban gansos y gallinas, sesteaba una vaca, engordaba un cerdo y sudaban dos caballos de tiro. Cuando cumplió ochenta años, habló con Masha, su mujer, y convinieron en que los animales suponían un trabajo excesivo para sus menguadas fuerzas. Así que los vendieron en una de las ferias del pueblo. Eso sí, para distraerse se reservaron media docena de manzanos en el amplio huerto de la trasera.

»El caso es que, por entonces, los comunistas habían elegido jefe comarcal del Partido a un tal Kirikov, una de las escopetas más famosas de la región. Eso explica, en parte, su decisión de repoblar con osos caucasianos los bosques de la zona. "Los osos no van a traer nada bueno", profetizó mi abuelo. Y lo cierto es que los hechos se encargaron de darle la razón, pues uno de ellos se atrevió a merodear por el lago, con gran susto de varios granjeros. Además, ya sabéis lo que pasa con los osos del Cáucaso, que les encantan las manzanas, y también los manzanos, donde afilan sus garras.

»Un día mi abuelo vio dos manzanos con la corteza destrozada, y supo que esos árboles se le morían sin remedio. Durante décadas, había sido un cazador muy célebre. Le gustaba salir a cualquier hora del día o de la noche y disparar contra lo primero que se moviera: un ciervo, un conejo, una nutria, una marmota... Supongo que habría sido capaz de salir a cazar gamusinos, si hubiesen abierto la veda. Por eso, nada más ver que dos de sus manzanos se morían, descolgó la escopeta. Cuando el guardabosques conoció sus intenciones, le explicó bien claro que los tiempos habían cambiado: ahora ya no se podía matar un oso a tiros, aunque se hubiera metido en tu propiedad. Pero mi abuelo era tozudo como una mula de las de antes, y dio tanto la murga que, al final, los del Servicio Forestal se avinieron a cercar el huerto y sus manzanos. Después de dos semanas de trabajo, habían levantado una sólida empalizada de dos metros de altura. Al despedirse, mi abuelo movió la cabeza gravemente y exclamó: "Muchachos, este vallado de juguete no va a impedir que ningún oso se coma mis manzanas".

»No habían pasado dos días cuando salió a igualar el seto y descubrió a un oso sentado en uno de sus árboles.

El bicho le miró sin inmutarse, como si fuera el dueño de aquel árbol y de todos los bosques de la Unión Soviética. Mi abuelo lo maldijo entre dientes, escupió con rabia y se fue hacia el animal, resuelto a clavarle en la yugular las tijeras de podar. Pero el ladrón se escurrió por la empalizada y desapareció en la maleza. Nuevas quejas al guardabosques dieron como resultado la elevación de la empalizada hasta los cuatro metros. Teníais que haber visto el mamotreto: parecía un castillo inexpugnable. Pero una semana más tarde el mismo oso estaba sentado en el mismo árbol, dueño y señor del huerto. Solo cuando mi abuelo gritó, gesticuló y lo amenazó con su bastón, bajó de un salto y brincó como un gimnasta hasta un tronco que sobresalía sobre su cabeza. Allí tomó de nuevo impulso y, ¡hop!, salvó la empalizada limpiamente, como si hubiera dedicado toda su vida a ejecutar el mismo número de circo.

»A pesar de su enfado, mi abuelo reconoció la belleza de aquel salto. Después, fue en busca del guardabosques y se limitó a comunicarle que había decidido acabar con el plantígrado. A tiros, por supuesto. Nada de trampas. De hombre a hombre. El guarda escuchaba y negaba con la cabeza, pero mi abuelo argumentaba que la propiedad era la propiedad, por muy comunista que fuera el oso, y que, además, su mujer ya no dormía por las noches, con la bestia campando por los alrededores. Ahí estaba exagerando un poco, pues mi abuela Masha nunca le tuvo miedo a nada, ni siquiera a su marido.

»No se sabe qué pudo empujar al guardabosques a plantear el caso en la sede comarcal del Partido, pero a las pocas horas volvió con un "de acuerdo, Timofei". Mi abuelo no perdió el tiempo. Pidió a los granjeros vecinos que estuvieran preparados para una batida, con las escopetas y los perros de caza a punto. La ocasión no se hizo esperar, y fue con las primeras luces de un día ventoso y desapacible. Mi abuelo alertó a los granjeros con la señal prevista: dos tiros de escopeta. Pero los tiros que reunieron a los cazadores ahuyentaron al oso. Mejor. Así se equilibraban las fuerzas. A pesar del viento, los perros encontraron enseguida el rastro y se pusieron a ladrar furiosamente y a correr. Los hombres pensaban que mi abuelo, con sus ochenta años a cuestas, se quedaría rezagado, pero pronto se dieron cuenta de que era más fuerte que ellos, y también que los perros.

»Apenas tuvieron que recorrer tres o cuatro kilómetros para dar con el oso. Lo encontraron subido a un árbol enorme, escondido en la tupida copa. Nunca habían visto nada parecido.

»–Creo que te corresponde disparar el primero, Timofei –dijo uno de los granjeros.

»–Yo disparo, si eso es lo que queréis –respondió mi abuelo.

»Y preparó su rifle, una pieza de museo que ni siquiera tenía mira. "Este oso no tiene de qué preocuparse", pensaron todos.

»Pero mi abuelo dio un paso al frente, levantó el rifle y disparó sin apenas apuntar. El oso cayó a plomo con gran estrépito. La bala había entrado justo entre los ojos. El viejo cazador se acercó solo para comprobar que lo había dejado tieso.

»–La propiedad es la propiedad, grandullón –le espetó. Y escupió lleno de dignidad.

El estudiante ciego

Cuando Boris concluyó su historia, Etty se puso en pie e inició un aplauso al que se sumó la concurrencia. Nos sorprendió esa desenvoltura. Entre nueve desconocidos, no se sentía más cohibida que si fuera nuestra hermana pequeña. Pensé que había llegado el momento de cumplir con las formalidades, así que presenté a la muchacha como la nueva enfermera enviada por el Consejo.

–Algunos ya nos conocemos –exclamó Etty alegremente, mientras miraba a Otto Hoffmann, Max Cohen y Jopie Vleeschouwer.

Los tres médicos estrecharon su mano con una ligera inclinación de cabeza.

–Aquí tiene a quienes han levantado nuestro poblado: el ingeniero Werner Cohen y el arquitecto Clemens Hoffmann.

–¿Hermanos de Max y Otto? –preguntó Etty.

–Así es –respondieron los aludidos.

–Creo que el gran jefe no necesita presentación –dije señalando a Boris, que se levantó, alargó su poderosa mano y devolvió la sonrisa a Etty.

–El coronel Yakov, ruso, igual que Boris.

Leo Yakov se cuadró teatralmente con choque de talones y un «¡a sus órdenes, señorita!».

–Al último, pero no el menos importante, lo tiene usted enfrente: el profesor Jerzy Vajda, encargado de que nuestros niños y jóvenes tengan la mejor enseñanza posible.

–Es un placer, profesor. Con lo que me ha contado el señor Korman, parece que lo conozco de toda la vida. No esperaba un grupo tan interesante.

Se hacía tarde. En un intento de reparar nuestro recibimiento descortés, quisimos acompañar a Etty hasta la zona femenina. De camino, nos contó que había ayudado a las enfermeras por la mañana. Mientras recorría las camas del hospital masculino, un muchacho llamó su atención por el aparatoso vendaje que le cubría la cabeza. A los pies de la cama, en la cartela de identificación, pudo leer: «Dik Gosselt/Ceguera».

La enfermera de turno le puso al corriente de algo que acababa de conmocionar al campo. El muchacho llevaba prisionero menos de un mes. Por ser alto y de piel blanca, por sus rizos rubios y su expresión ligeramente desdeñosa, no había pasado inadvertido entre las chicas que lo habían visto. Cursaba segundo de medicina en Ámsterdam y jugaba muy bien al fútbol. Días atrás, en un partido entre holandeses y alemanes, había disparado a puerta y estrellado el balón en la cara de un guardia alemán.

Temblando, Dik ofreció sus disculpas al soldado sin atreverse a mirarle. Ahí tendría que haber acabado el incidente, pero no fue así. El guardia le ordenó recoger el balón, que había quedado a sus pies. Cuando el muchacho se inclinó, un culatazo en la cabeza lo derribó sin sentido. Allí mismo, los intentos de reanimación no tuvieron éxito. Ya en el hospital, cuando despertó a la mañana siguiente, abrió los ojos como platos y aseguró que no veía nada.

–Intenté charlar con él sin conseguirlo –nos contaba Etty–. Cerraba los ojos y volvía la cabeza, no sé si por tristeza o timidez. No quería hablar, y quizá tampoco escucharme, así que respeté su silencio. Pero yo estaba decidida a demostrarle que nos tenía a su lado, que no lo abandonaríamos en su oscuridad. Comencé a desenrollar el vendaje de su cabeza, observé el hematoma y limpié la herida. Le pasé un paño húmedo por la frente y las sienes. Después, tomé su mano y le hablé al oído. Le aseguré que recobraría la visión, que con los años llegaría a ser un médico famoso y yo sería su enfermera. Me despedí con un beso. Al chico se le escapó una sonrisa dolorida y una lágrima. A mí también.

Habíamos llegado al portón del campo femenino.

–Gracias y buenas noches –dijo Etty–. Creo que me he puesto un poco sentimental. Me ha encantado la historia de tu abuelo, Boris. ¿Todas vuestras veladas son tan interesantes?

–Esta ha sido de las más aburridas –bromeó Jerzy–. La de mañana será mucho mejor.

–Entonces, si me dejáis volver, llegaré a la misma hora.

Etty había pasado del *usted* al *tú* con naturalidad. Apenas la conocíamos y ya nos estaba convirtiendo en sus amigos. En media hora nos había cautivado.

Al día siguiente, sin embargo, no volvió al Palace. Poco después de dejarla en el portón, uno de los reflectores giratorios delató a una figura que avanzaba dando tumbos hacia el muro electrificado. La figura tropezó, cayó y se incorporó varias veces. Sería un judío borracho o un sonámbulo. Días atrás, los nazis habían prohibido acercarse al perímetro del campo después del toque de queda. Si desafiabas esa orden, nos habían asegurado que te abatirían desde la torreta más cercana. Si el guardia erraba el tiro y alcanzabas la alambrada, en ese mismo instante morirías electrocutado. Pues bien: loco, borracho, sonámbulo o suicida, aquí teníamos al primer provocador. El guardia le dio el alto con el megáfono, pero no logró nada. Entonces, su ametralladora crepitó y una ráfaga segó la vida de un joven con la cabeza vendada.

Por la mañana, Etty asistió al entierro del muchacho asesinado. La reducida comitiva que acompañó al féretro estaba integrada por una pareja de las SS bien armada, el médico que certificó la muerte, el kapo de su barracón, dos amigos y el rabino. Ha sido uno de los primeros entierros en el nuevo cementerio, alejado medio kilómetro del campo por razones de salubridad, en un tramo donde el canal se hace ancho y profundo, con un arbolado casi boscoso.

A la vuelta, se tumbó sobre la cama, lloró hasta mojar la almohada, se cubrió la cabeza con ella y se ausentó del mundo. Por la tarde, reanudó su trabajo con los enfermos. Al terminar, cenó con sus compañeras, salió a tomar el aire, me vio en la oficina y entró. Se sentó sin decir palabra y me observó desde sus marcadas ojeras.

–Buenas tardes, señorita Hillesum.

Etty bajó la vista y habló con voz ronca y débil:

–Doctor Korman, permítame enseñarle lo que acabo de escribir en mi diario. O, si le parece mejor, se lo leo: «Estoy sentada junto a un canal apacible, con las piernas colgando sobre el muro de piedra, y me pregunto si mi corazón no estará ya tan cansado y gastado que no pueda volar nunca más como un pájaro libre».

–Su corazón volverá a volar mañana mismo, no se preocupe –afirmé con el deseo de resultar convincente.

–Pero usted me entiende, ¿verdad?

–Creo que sí.

–De hecho, doctor Korman, los corazones de todos los judíos holandeses han empezado a marchitarse hace meses. Usted conoce la realidad de este islote llamado Westerbork, pero a mí me gustaría contarle lo que pasa fuera.

–Fuera de Westerbork la gente es libre, Etty. La diferencia es bien grande.

–Solo en apariencia, doctor. Permítame leer otra cosa muy breve, algo que escribí a principios de junio: «Ahora parece que los judíos ya no podrán entrar en las tiendas de fruta y de verduras; que deberán entregar sus bicicletas; que no podrán subir más a los tranvías, ni salir de casa después de las ocho de la tarde. Me siento deprimida por estas disposiciones. Esta mañana, por un momento, las he advertido como una amenaza plomiza, que buscaba sofocarme».

Por aquellos días de junio, Daniel, comenzaron las redadas, pero la vida de la muchacha ya no corría peligro, pues comenzó a trabajar para el Consejo Judío. Si todavía no te lo he dicho, el Consejo es el órgano de gobierno intermedio entre los nazis y los nuestros, en todas las ciudades. Es responsable, entre otros cometidos, de mantener el orden en los guetos y en los campos.

Gomulka

–Durante el entierro de Dik, un kapo no dejó de mirarme, señor Korman.

Al concluir la ceremonia, mientras Etty regresaba sola y cabizbaja hacia el campo, el kapo se puso a su altura y la dejó abochornada con una propuesta indecente.

–¿Sabe cómo se llama? –pregunto.

–Ahora no lo recuerdo, pero es corpulento y tiene cara de *bulldog*.

–Va a ser Kruger.

–Eso es. Se llama Kruger, doctor.

–Bien. ¿Qué le respondió usted?

–La ira y el miedo me dejaron paralizada. Al llegar al campo busqué a la enfermera supervisora y se lo conté.

»–Ahora mismo vamos a poner en su sitio a ese cerdo –me dijo.

»Yo no quería, pero insistió en que debía acompañarla.

–¿Y fueron a buscarle?

–Le encontramos en la vía del tren, jurando y pegando voces a un pelotón con picos y palas. Al ver acercarse a dos mujeres, escupió y vociferó que nos largáramos inmediatamente.

–Fueron ustedes muy valientes.

–Bueno, yo temblaba, pero la supervisora no se inmutó. Me tomó del brazo, subimos el talud de la vía, se puso frente al kapo, lo miró sin pestañear y le comunicó que no estaba dispuesta a tolerar ese tipo de abusos. Por un momento pensé que también le soltaría un bofetón.

–¿Qué respondió Kruger?

–Primero se quedó mudo, señor Korman. Después nos miró con desprecio mientras se hurgaba la oreja con un dedo y examinaba su hallazgo. Tenía los ojos vidriosos como los de un reptil y estaba bebido. Por toda respuesta soltó un eructo. Pero palideció cuando la supervisora lo amenazó con correr la misma suerte que un tal Gomulka.

–No me extraña.

–Yo regresé al barracón muy alterada, tomé un sedante y me metí en la cama, preguntándome quién sería Gomulka.

Lo que entonces conté a Etty, Daniel, es un suceso duro, pero no te hará mal. Es la sucia historia de nuestro primer kapo. Lo impusieron los nazis al poco tiempo de ocupar Holanda, meses antes de su control directo sobre Westerbork. Tenía mucho poder y empezó a mirar demasiado a Aliosha, uno de nuestros huérfanos rusos, quizá por sus grandes ojos castaños, todavía inocentes.

Gomulka, fuerte y desafiante, siempre aseado como un guardia de las SS, tenía una pésima fama. Una noche entró en el barracón de los adolescentes y preguntó por el chico. Mientras esperaba en el centro del pasillo, los que todavía no se habían acostado saltaron como ardillas sobre sus literas, se escondieron bajo la manta y contuvieron la respiración. A Gomulka le resultó divertida la escena, hasta que se le acabó la paciencia.

—¡Dónde está el maldito Aliosha! —vociferó.

—Estoy aquí.

Temblando, el muchacho se acercó en pijama y se detuvo a un metro de Gomulka, como un espantapájaros de brazos caídos y mirada en el suelo. El kapo le dedicó una sonrisa babosa y le hizo levantar la barbilla.

—Mírame —le ordenó.

Entonces Aliosha, el joven huérfano, alzó los ojos y vio algo que nunca habría imaginado: vio enrojecer el semblante de Gomulka hasta volverse morado; vio los ojos desorbitados del kapo y su boca abierta en una mueca de espanto, en medio de un silencio mortal; le vio patalear en el aire como un pelele, porque su amigo Vitali se había acercado sigilosamente por la espalda y había rodeado con su poderoso brazo el cuello del matón. Cuando lo soltó, el kapo se tambaleó unos segundos, se apoyó en una litera, tosió con estrépito, escupió, logró erguirse a duras penas y se dio la vuelta, al tiempo que empuñaba la porra y miraba torvamente a su inesperado agresor.

El joven bielorruso tenía fuerza y sangre fría suficientes para hacer frente al kapo, pero en ese momento se oyó un trueno en el portón:

—¡Qué vas a hacer con esa porra, Gomulka!

El kapo reconoció esa voz y se dio la vuelta para enfrentarse al padre de Vitali, plantado en el umbral del barracón. Lo miró aterrorizado y quiso excusarse. Al no encontrar las palabras, bajó lentamente el brazo y soltó la porra.

–¡Ven aquí, cerdo! –tronó la misma voz.

Gomulka recorrió lentamente unos metros que se le hicieron eternos, intentando aparentar una dignidad inexistente. A medida que se acercaba a la puerta, sentía que la estatura física y moral del padre de Vitali le aplastaba. Luego, antes de perder el sentido, sintió que los puños de Boris golpeaban sus pómulos y se hundían en sus costillas. Como si fuera un fardo, el jefe arrastró al kapo hasta el cuerpo de guardia, con la ayuda de Aliosha y de su hijo. Esa misma noche, Gomulka durmió en el calabozo. La semana pasada partió en el convoy de Auschwitz, donde, según decimos con humor negro, se entra por la puerta y se sale por la chimenea.

El perro de Kruger

—¿Son buenas las relaciones entre los kapos y los jefes, señor Korman?

—Reconozco que no son fáciles, pues tenemos misiones casi contrarias: nosotros debemos proteger a quienes ellos intentan pisotear.

Cuando la enfermera jefe puso firme al kapo, sabíamos que el incidente traería consecuencias. No podíamos imaginar cuándo ni cómo, pero nunca se nos habría ocurrido que Kruger, a la mañana siguiente, iba a entrar en el campo con uno de los perros pastores adiestrados por las SS.

Los perros están prohibidos dentro de nuestro recinto, salvo en raras circunstancias y siempre bien sujetos por un soldado alemán. Eso dice el reglamento interno. Si Kruger lo desconocía, había que enseñárselo cuanto antes. Era obvio que solo pretendía intimidar y darse importancia, caminando con aquel perrazo ante los hombres formados a primera hora junto a sus barracones. El caso es que no pasó del segundo, pues ahí estaba Jerzy para impedirlo.

—Dé media vuelta y saque el perro del campo —le gritó tu tío.

Kruger es un tipo alto y grueso, de cara roja y labios abultados. Al verse compelido, su sonrisa maliciosa, de oreja a oreja, enseñó unos dientes más amarillos que los del perro.

—Ven tú a sacarlo, valiente.

Cuando vio que Jerzy, sin responder a su provocación, daba media vuelta y desaparecía dentro del barracón, el kapo pensó que acababa de humillar a todo un jefe delante de sus hombres. Y juzgó precipitadamente que se trataba de un apocado profesor, fácil de amedrentar. Desconocía, sin duda, el aplomo, el valor y la experiencia de ese hombre joven. Por eso le extrañó verlo de nuevo en el portón, y se inquietó cuando tuvo claro que caminaba decidido a su encuentro.

Los perros habían llegado a Westerbork con los alemanes hacía dos semanas. Cualquiera sabe que un perro adiestrado solo obedece a su amo, cosa que no era Kruger. Además, quienes estuvimos en el gueto de Varsovia aprendimos algo sobre ese adiestramiento.

Jerzy, con las manos a la espalda, salió del barracón y cruzó unas palabras con los primeros hombres de la formación. Después, sin enseñar al perro lo que llevaba a la espalda, se dirigió con decisión hacia el kapo, mientras sus hombres transmitían sus palabras hasta el final de las cinco filas.

—¿Va usted a salir inmediatamente del recinto con el perro?

Parecía una pregunta educada, pero se trataba de una orden. Kruger no estaba acostumbrado a que un judío le hablara en esos términos. Por unos instantes pareció desconcertado, y cuando quiso salir de su perplejidad ya era tarde. Jerzy se había calado una gorra de plato en la que brillaban tres estrellas, y daba una orden enérgica a sus hombres. De inmediato, los cien prisioneros se sentaron en el suelo. El perro supo en ese instante quién mandaba allí. Tres segundos más tarde, bajo la inconfundible gorra militar, dos ojos le miraron fijamente, un brazo extendido apuntó a Kruger, y el hombre de la gorra pronunció en alemán la orden que le hizo saltar sobre el kapo:

–¡Ataca!

Boris y Lincoln

«El señor presidente viste hoy de negro arrugado, como suele. Su barba, recortada y espesa, aumenta la severidad de una cara tallada por la gubia del tiempo y los agobios. El señor presidente es un hombre alto, recio y levemente encorvado. Su figura se levanta por encima de las gentes como el tubo de una chimenea sobre los tejados. El señor presidente tiene siempre un aire melancólico, dolidamente sosegado, como el de alguien que lleva una dura y antigua carga sobre los hombros. Tres años de guerra civil le han arañado más surcos en su rostro de roble americano. Hoy parece cansado».

Te he copiado, Daniel, el primer párrafo de la biografía de Lincoln que estoy leyendo. Quiero que lo conozcas y sepas que Boris no solo se parece al presidente en el arte que se da para contar anécdotas e historias. Ambos han nacido pobres, en una cabaña junto a un gran río. Ambos han sido los mejores leñadores de sus respectivas comarcas, han aprendido a leer y escribir sin pisar la escuela y han soportado guerras terribles.

En las fotografías de grupo, con congresistas o militares, Lincoln supera de forma sorprendente a los más altos. Parece un ser humano de otra clase, incluso de otra especie mejor, con una cabeza llamativa y un rostro noble, quizá feo, de facciones duras y arrugadas. También la corpulencia de Boris es extraordinaria, aunque su barba y cabellera destacan como una tea encendida, no como una negra chimenea. Por lo que sé, entre los judíos eslavos no es raro encontrar tipos con ese aspecto tan poco judío. Sobre Boris, puedo añadir que la holgada ropa de faena no logra disimular la musculatura del cuerpo, que el gesto de su boca le da a veces un aire desdeñoso, y que sus ojos grandes y escrutadores le hacen parecer arrogante. Pero esa primera impresión de displicencia es pronto desmentida por su conversación culta y cordial.

Lincoln tiene un hueco especial en el corazón de todos los estadounidenses. En Westerbork todos son amigos de Boris. La explicación en ambos casos es una sola palabra: bondad. Lincoln la puso entre sus principios políticos, como otros ponen la mentira o el despotismo. Había grandes hombres en su tiempo: Disraeli, Tolstoi, Dickens, Bismarck, Whitman. Pero Lincoln supera a todos en estatura física y moral. No se conoce ningún episodio de su vida donde manifieste bajeza o debilidad inexcusable, a pesar de haber tenido muchas oportunidades de ser inmoral. Sorprende que haya sido un abogado excelente sin dejar de ser un buen hombre. En la biografía que me ha pasado Jerzy, aparece la siguiente carta dirigida a uno de sus clientes:

Estimado señor Floyd:

Acabo de recibir su carta del día 16, y en su interior un cheque del banco Flagg & Savage por valor de veinticinco dólares. Debe de pensar que soy un abogado muy caro. Es usted demasiado generoso con su dinero. Quince dólares son más que suficientes por el trabajo realizado. Le envío aquí un recibo de dichos quince dólares y le devuelvo un billete de diez.

Atentamente,
A. Lincoln

¿Te ha gustado, Daniel? Hay detalles pequeños que definen a las personas mejor que grandes gestas. Algún día te hablaré de las *Vidas paralelas,* célebres biografías de griegos y romanos famosos. Y procuraré que leas unas cuantas, pues disfrutarás, aprenderás y podrás imitar esos modelos. ¿Sabes que en Westerbork la escolarización es obligatoria entre los tres y los dieciséis años? Eso significa que la tercera parte de la población del campo, nunca menos de quinientos niños y jóvenes, dedica casi toda la jornada a leer y escribir, a estudiar matemáticas e historia, literatura y mucho inglés. El que cumple diecisiete años, ¡a trabajar! Mientras tanto, ¡a estudiar!

La hora del té

Etty viene puntualmente con el té de las cinco y me confiesa que sueña con ser escritora. La miro por encima de mis gafas mientras deposita la pequeña bandeja y escudriña el interior de la tetera.

–Ya sabes que estoy escribiendo un diario con la intención de dar a conocer lo que estamos viviendo. ¿Te lo había dicho?

La muchacha está rompiendo con cautela la barrera del usted. Sonrío y aclaro que su diario no es el único en Westerbork. Casi se podría hablar de una moda promovida por Jerzy.

Tu tío, como buen historiador, piensa que estamos viviendo experiencias inéditas e inclasificables, y que nuestro sufrimiento podría tener sentido si se lo contamos al mundo. En mi caso, por ser psiquiatra, Jerzy afirma que casi tengo la obligación moral de escribir, analizar e interpretar las motivaciones y las relaciones humanas en el campo.

Si Etty quiere ser escritora, supongo que su diario de Westerbork tendrá especial interés, pues pondrá todo su empeño en comprender, seleccionar, exponer...

–¿Por eso escuchas y preguntas tanto? –bromeo.

–No solo por eso. Algunas historias reales son muy hermosas.

–En eso llevas razón. ¿Conoces a Magda Hollander?

–No me suena. ¿Quién es?

–Entonces no sabes lo que es una buena historia real. Mañana te la presento.

Magda Hollander

Desde el amanecer, una promesa de lluvia ha oscurecido y enfriado el día. Antes de la cena he paseado con Magda y Etty por el sendero alto de la ladera, paralelo a la alambrada, con toda la campiña de Drente amenazada por los nubarrones. La última en llegar fue Magda. La vimos subir a buen paso, alta y fuerte, entre los altramuces. Su melena trigueña y su falda, agitadas por el viento, ponían una nota agreste en su juventud. Una entallada casaca militar, que en tiempos mejores había sido azul, realzaba su figura. Al superar el último repecho, se paró un momento a tomar aire y nos miró. Pensé que una fuerza interior esculpía sus facciones.

–Esta chica ha vivido mucho –comentó Etty en voz baja.

–Ahora lo vas a comprobar.

Las dos muchachas se saludaron con un beso. Etty explicó a Magda su cometido en Westerbork y el interés que tenía en escucharla.

–Supongo que tu historia será hermosa y dura, y que quizá estés cansada de repetirla, pero el señor Korman piensa que debo conocerla.

–No te preocupes –dijo Magda, y empezó su relato después de estornudar dos veces.

»El día que llegaron los nazis, metieron a todos los judíos en camiones militares y nos llevaron a la estación más próxima. Yo tenía dieciséis años y nunca había salido de mi aldea. De los camiones nos pasaron a un tren con vagones para ganado. Hacía frío. Tras horas de espera, el tren inició, entre sollozos y lamentos, un viaje interminable. Para comer nos daban cada día un mendrugo de pan y un tazón de sopa aguada. Pronto la suciedad y el hedor se volvieron insoportables. Hacíamos las necesidades sobre un agujero en el suelo del vagón. Comenzaron a fallecer ancianos y niños que los soldados iban sacando cada vez que el tren se detenía.

»Más tarde supe que hicieron esto en toda Hungría durante un año. A nosotros nos llevaron a Polonia, a Auschwitz, y al entrar en el campo de concentración me separaron de mi madre y de mi hermana pequeña, a las que nunca volví a ver. Así me robaron todo lo que tenía en el mundo, pues mi padre había muerto.

Magda volvió a estornudar y se disculpó por levantarse la falda para sonarse la nariz en el gastado dobladillo. Después continuó.

–Yo también quería morir. Vi cosas terribles, que prefiero no contar. Pero también fui testigo de gestos hermosísimos. Una vez, un anciano moribundo me dio sus cuatro trozos de pan. «Tú eres joven y debes vivir para contar al mundo lo que sucede aquí», me dijo. En otra ocasión, mi compañera de litera me dejó apurar el agua de su cantimplora, cuando aquellas gotas eran más valiosas que todo el oro del mundo.

»Pensaba constantemente en mi madre y en mi hermana. "Mira el humo de la chimenea, ya están allí", me aseguraba un guardia despiadado. Recuerdo también las palabras de Edwige, la jefa de mi barracón, cuando me gritaba y me pegaba: "La lástima es un delito, la bondad es estéril". Pero se equivocaba. Aunque parezca mentira, hubo en mi vida de prisionera algo más fuerte que el sufrimiento.

»Una noche me robaron los zapatos. Cuando salí por la mañana a cavar fosas, pisando nieve, se me empezaron a congelar los pies. Sabía perfectamente lo que me esperaba: gangrena y amputación. Llevaba dos horas cavando cuando un guardia ucraniano comenzó a insultarme y a darme gritos para que trabajara más. Yo apenas podía sostener la pala. Entonces, me ordenó que le siguiera. Caminé detrás de él y me obligó a entrar en un cobertizo donde nadie nos podía ver. En el suelo, en un rincón, ardía un poco de leña seca.

»–Siéntate y calienta los pies –me dijo.

»Él se arrodilló a mi lado y empezó a frotarlos con papel de periódico. Cuando los dedos recuperaron su color natural y el movimiento, sacó de su mochila unos zapatos y me los dio.

»–Espera. Ponte también estos calcetines.

»Así me devolvió la vida mientras él arriesgaba la suya.

»Durante mucho tiempo siguió insultándome en las zanjas y ordenándome a gritos que le siguiera hasta el cobertizo. Yo sabía ruso, pero él nunca quiso hablar conmigo. Un día abría la mochila en silencio, me daba un trozo de queso y se marchaba. Otro día, en vez de queso sacaba un buen pedazo de pan de centeno, una barra de mantequilla o unas onzas de chocolate. Y desaparecía sin darme tiempo a darle las gracias. ¿Qué te parece?

–Sigue, por favor –susurró Etty.

–Muchos prisioneros morían en el campo mientras rezaban a un Dios que parecía sordo. Yo sentía un profundo rencor hacía ese Dios impasible, que permitía semejante infierno. Una lluviosa mañana de octubre, después de entrar en el cobertizo, mi soldado no sacó nada de la mochila. Solo me preguntó si quería escaparme.

»–¿Contigo? –respondí de inmediato.

»Guardó silencio unos segundos, mientras yo le miraba con mis ojos asombrados, pensando que iría con él al fin del mundo. Fue la primera vez que le vi sonreír.

»–Escaparás mañana, tú sola.

»–¿Cómo?

»–Siéntate y te lo explico. Acudirás al amanecer al reparto de leche y te pondrás al final de la cola. Recuerda que has de ser la última, para que no haya testigos. Te ordenaré que subas al carro de la lechera. Verás que un tablón está suelto y disimula un nicho. Te metes allí y allí te quedas como muerta, oculta por el tablón. ¿Me has entendido?

»Asentí con la cabeza. Estaba claro que el suelo del carromato tenía un doble fondo.

»–Ahora, vete –me dijo.

»Pero no me moví. Necesitaba saber algo importante.

»–¿Cómo te llamas? ¿Por qué lo haces? –le pregunté.

»–Cuando termine la guerra, quiero ser sacerdote –me respondió.

»Tendría veinte años, era rubio, como la mayoría de los ucranianos, y parecía muy fuerte. Me levanté sin ser capaz de asimilar sus palabras.

»–Espera un momento –me dijo.

»Entonces tiró de un delgado cordón que llevaba al cuello, lo puso en la palma de la mano y me lo ofreció. Del cordón colgaba una pequeña cruz de madera.

»–Toma, llévala tú.

»Y aquí la llevo, señorita Etty, ¿la ve? Él mismo me la puso. Incliné la cabeza, cerré los ojos y noté sus manos y su tesoro alrededor de mi cuello. Fue la segunda vez que le vi sonreír.

»–Así está bien –dijo.

–Y te fugaste –confirmó Etty.

–Sí, después de pasar la noche en blanco, rezando al Dios de mi soldado ucraniano.

La Gran Guerra

Jerzy ha terminado de diseñar un nuevo plan de estudios para secundaria.

–¿Por qué pone tanto empeño –me pregunta Etty– en la selección y formación de profesores de historia?

–Porque piensa que esa asignatura nos brinda lecciones impagables sobre lo que podemos imitar y lo que no debemos repetir.

Esta mañana he asistido a una de sus clases en el barracón masculino de los chicos mayores. Les ha contado que Westerbork y las docenas de campos nazis solo se entienden si retrocedemos tres décadas y nos situamos en la Gran Guerra, el mayor conflicto bélico conocido hasta 1914, el espectáculo dantesco que contemplaron los padres de esos muchachos cuando eran niños. «Podéis haceros una idea de su magnitud si consideráis que fue librada en todos los océanos, por cuarenta naciones de los cinco continentes».

Ha añadido que, a principios de siglo, la generación pacifista de sus abuelos, lejos de estar preparada para encajar semejante desmesura, pensaba que la civilización occidental había desterrado definitivamente la guerra, igual que la tortura, la esclavitud o la peste. Además, los grandes circuitos económicos y la fe en el progreso favorecían las buenas relaciones internacionales. Una guerra, repetían los británicos, sería siempre un mal negocio.

Sin embargo, los mismos intereses que propiciaron cuarenta años de paz provocaron el espejismo de un conflicto armado que, en caso de ganarse, produciría inmensos beneficios. Así pensaban principalmente los alemanes, protagonistas de un prodigioso desarrollo industrial. De hecho, hacia 1900 el káiser Guillermo II, con su ambicioso programa de construcciones navales, rompió el pacto tácito que dejaba al Reich la hegemonía continental y al Imperio británico el dominio de los mares.

A Jerzy le bastaron estas palabras para introducir el tema y dar un golpe de efecto:–Me acompaña el arquitecto Clemens Hofman, soldado en la Gran Guerra. Él os contará mucho mejor que yo lo que pasó.

Clemens, sentado al fondo del aula, se acercó hasta la pizarra, carraspeó levemente, sonrió a los muchachos, saludó con una leve inclinación de cabeza y comenzó a hablar.

–Si me lo permitís, usaré un inglés sencillo. Mi casa estaba cerca de la granja Jünger, propiedad de los padres de Ernst, el mejor de mis amigos. Un día de agosto, hacia el final de las vacaciones escolares, estábamos retejando su granero cuando escuchamos el timbre de la bicicleta del cartero. Le saludamos desde arriba y se limitó a gritarnos tres palabras bien claras: «¡Orden de movilización!». Dentro de unos días nos esperaba la universidad, pero con esas palabras entraba en vigor un calendario diferente. La movilización afectaba de lleno a mi hermano Otto, que estaba con nosotros y había terminado tercer curso de Medicina. «Tengo que irme», fue lo único que dijo antes de pasarme su martillo y descolgarse por el rudimentario andamio.

Con gestos y ademanes muy apropiados, Clemens iba representando lo que contaba. De esa forma, su clase de historia también lo era de inglés y de retórica.

–A la mañana siguiente tomé con Ernst el tren a Hannover. Queríamos inscribirnos como voluntarios. El cuartel más cercano lo encontramos sitiado por millares de jóvenes que habían tenido la misma idea. Tres días nos costó entrar en un Regimiento de Fusileros, donde nos había precedido Otto. Allí nos declararon aptos y nos apuntaron en las listas. Como otros millones de soldados, éramos muy jóvenes. Abandonábamos contentos las aulas universitarias, las herramientas de los talleres, las granjas, los cines, los estadios...

»En unas breves semanas de instrucción, nos enseñaron a obedecer ciegamente, a manejar fusiles y a operar con granadas. Hicieron de nosotros un único cuerpo, un gran equipo ansioso de luchar y vencer. Partimos hacia el frente como a un alegre concurso de tiro. Todo menos quedarnos en casa. Atravesábamos pueblos y ciudades bajo lluvias de flores y vítores. La guerra nos prometía experiencias grandes, únicas, magníficas.

»Nuestro ardor guerrero se fue moderando al entrar en Francia, a medida que pisábamos el suelo arcilloso de Champaña y nuestras botas, mochilas y fusiles comenzaban a parecer de plomo. Por fin, llegamos a la aldea de Orainville y pudimos descansar en un pajar enorme. Por la mañana, mientras desayunábamos en el edificio de la escuela, retumbaron como truenos varios golpes seguidos. De todas las casas salieron soldados que se precipitaron hacia la entrada de la aldea. Corrían agachados, como si temieran un peligro inminente. Sin saber por qué, hicimos lo mismo.

»Mientras corríamos, oímos por encima de nosotros una especie de silbido metálico. Segundos más tarde, el estruendo de una explosión nos dejó sordos durante varios minutos. Envueltos en una atmósfera irreal, vimos un grupo que arrastraba a un herido cubierto de sangre. Su pierna derecha colgaba de un modo extraño y no dejaba de lanzar alaridos. Lo llevaron calle abajo, hasta un edificio donde ondeaba la bandera de la Cruz Roja.

»¿Qué había sucedido? Una granada había estallado en el patio de una casona que servía de refugio a gran parte del pueblo. Se cobró nueve víctimas. Entre ellas estaba Gebhard, un músico al que Ernst y yo conocíamos de los conciertos veraniegos en Hannover. A pesar del peligro, nos dirigimos a baldear el caserón en llamas. Manchas de sangre oscura ensuciaban el empedrado por donde habían llevado a los muertos y heridos. El portón de madera había volado. Dentro, el patio estaba sembrado de jirones de ropa, cascos, correajes, cantimploras y macutos. Las paredes, acribilladas por la metralla. Y en medio de aquel espacio siniestro yacía muerto un burro. Tenía unas heridas enormes y a su lado humeaban los intestinos.

»En el pelotón estaba Otto y tuvo que encargarse de uno de los heridos. Una esquirla de metralla le había desgarrado la carótida. Antes de decidir nada, ya había empapado las vendas de tres paquetes. Se desangró en pocos minutos y murió. En nuestro primer día de combate la guerra se quitaba el velo romántico y nos enseñaba sus garras. Pude comprobar que se enfriaba el entusiasmo en bastantes de mis compañeros.

»Ese primer estallido nos produjo temores que nos llevaban a confundir el simple chirrido de unos frenos de bicicleta con el aleteo de aquella granada asesina. Como si fuéramos animales perseguidos, el sobresalto ante los ruidos inesperados nos acompañaría hasta el final de la guerra.

»En días sucesivos, atravesamos aldeas y pueblos donde no quedaba piedra sobre piedra. Nuestras compañías de vanguardia habían demolido muros y paredes; habían roto cristales, machacado tejas y talado árboles; habían minado las carreteras y envenenado los pozos; las vías férreas estaban desmontadas; los hilos telefónicos habían sido arrancados, y todo lo que podía arder, quemado. Así preparábamos la tierra que aguardaría la llegada del enemigo. Pero esa destrucción planificada degrada al propio destructor y, como pudimos comprobar, es funesta para la disciplina de una tropa convertida en horda. ¿Sabéis dónde esta Champaña?

Con esa pregunta Clemens rebajó la tensión de su atento auditorio, dibujó en la pizarra un mapa de Francia, enmarcó su relato en la geografía y dio por terminada su exposición. Pero se encontró con una docena de manos en alto. La primera pregunta dejaba claro que Clemens había omitido cuestiones fundamentales.

—Señor Hoffmann, ¿qué impresión deja un bombardeo? —preguntó el capitán del equipo de fútbol, en un inglés con acento bávaro.

—Te puede dejar ileso, herido o muerto. Puedes contar chistes mientras caen las bombas y también puedes volverte loco. Hay bombardeos suaves y destrucciones terribles, igual que refugios raquíticos y galerías subterráneas indestructibles.

—¿Cuál es el peor que recuerda?

—Hubo varios que todavía no he podido olvidar. En Cambrai, después de escapar de un sótano que se estaba convirtiendo en una ratonera, mi pelotón se reunió de nuevo en una galería muy profunda. Pensé que estábamos a salvo y conseguí dormirme, pero a las cinco de la madrugada el fuego alcanzó una intensidad inaudita. Cada vez que dos o tres minas de gran calibre explotaban a un tiempo, era como si unas montañas se estrellasen contra la tierra. La galería vibraba y temblaba como un barco en medio de una tempestad. Pero eso no nos amedrentaba, ni el crujido de los edificios que se desplomaban encima de nuestras cabezas. En cambio, el estruendo de las galerías que se venían abajo muy cerca de nosotros nos obsesionaba con la idea de morir sepultados.

El silencio en el barracón se podía cortar. Clemens lo aprovechó para despedirse. Igual que se había presentado, con otra leve inclinación de cabeza respondió al prolongado aplauso de los muchachos.

El enfermero Otto

Jerzy ha tenido la idea de aprovechar el éxito de Clemens y ofrecer por la tarde la versión de Otto. También he podido asistir. Algunos muchachos le conocen como médico, pues han estado hospitalizados. Otros saben que es el jefe del barracón de sus padres. Quizá por eso le han recibido con un respetuoso silencio, puestos todos en pie.

Cuando se sientan, Otto les pregunta en alemán qué idioma prefieren. Ante su pequeño desconcierto, les cuenta el consejo que el joven emperador Carlos, rey de España y dueño de media Europa, escuchó a Adriano de Utrecht, su preceptor: debía aprender italiano para hablar con el papa, francés para galantear con las damas, alemán para dar órdenes a su caballo y castellano para hablar con Dios. El joven flamenco se tomó en serio el consejo y pudo decir, años más tarde: «Soy tantos hombres como idiomas hablo».

–¿No os parece una magnífica riqueza? –les pregunta Otto.

71

Después, sin más preámbulos, inicia su versión del conflicto.

–La guerra es lo peor que podéis imaginar. Ni el más brillante de los oradores encontraría palabras para describir ese aquelarre infernal. En tu primer día de combate ya escuchas un grito que suena como un tiro y se repite con frecuencia: «¡Camilleros!». Eso indica que las balas y las granadas están causando efecto.

»Si te ha tocado, por ejemplo, cavar una trinchera en primera línea, al mismo tiempo que proteges tu vida puedes estar cavando tu propia tumba. Un día cualquiera, con la primera luz incierta del amanecer, una bala de fusil desgarra la gorra del centinela sin causarle un rasguño. Eso se llama buena suerte, y en la guerra hay mucha. Pero, a la misma hoia, dos zapadores son heridos junto a las alambradas. Uno recibe un tiro que le dejará en silla de ruedas el resto de sus días; al otro, un balazo le perfora la oreja. Eso se llama suerte desigual. Más tarde, mientras desayunamos, el infortunio se ceba en otro centinela y una bala traspasa sus dos mejillas. La sangre mana a borbotones. Arranco de su guerrera los paquetes sanitarios y comienzo a vendarle la cara.

»–No vale la pena –susurra débilmente.

»–Ya lo creo que vale –respondo.

»Junto al moribundo, un soldado se ha puesto pálido y vomita. Ha sido todo tan repentino y terrible que no parece real. Intentas comprender y no comprendes nada. Poco después se oye algo que llega silbando y aleteando.

»–¡Atentos! ¡Una mina!

»Entonces te lanzas cuerpo a tierra y contienes la respiración. La mina estalla sobre tu cabeza y estás ileso. Pero la Muerte no se da por vencida. Primero nos azota con una lluvia de minas y granadas. Después desencadena una tormenta de acero que destroza la trinchera en algunos tramos y sepulta a los hombres bajo toneladas de piedra y barro. Eso ya es una carnicería.

»Un día, Ernst indicó a Diener que igualara el borde del talud con unas paladas de arcilla. Apenas asomó la cabeza el zapador, una bala le atravesó el cráneo en diagonal, arrojándolo muerto al suelo de la trinchera. Estaba casado y era padre de cuatro niños. El alférez Jünger lloraba de rabia. Largo tiempo estuvimos acechando detrás de las aspilleras para vengar su muerte.

»Pero no penséis que solo se muere en las trincheras. La Muerte es muy creativa en la guerra. Si cambiamos de escenario y tras una encarnizada lucha tomamos un pueblo, cuando entras sueles encontrar silencio y desolación. Sus calles aparecen sembradas de fragmentos de uniformes, mochilas destrozadas, fusiles rotos, embudos profundos abiertos por los proyectiles de gran calibre... Dentro de las casas bombardeadas tropiezas con botellas, libros desencuadernados, muebles convertidos en astillas, juguetes infantiles, una sopera de loza...

»En todo momento debes andar con precaución para no caer en agujeros que han sido sótanos, ahora infestados de ratas que engordan a costa de los cadáveres. También has de pisar con cuidado en los jardines, pues hay pozos profundos con los brocales derribados y las bocas cubiertas de vegetación. Más de uno ha sentido que el suelo se hundía bajo sus pies y ha perecido ahogado o bien se ha roto los huesos al caer y ha sido lentamente devorado por las ratas. En los establos también trabaja la Muerte durante la guerra. Cuando entras, sueles encontrar animales despanzurrados o enloquecidos, atados a sus cadenas. Todo el pueblecillo, en fin, ha quedado envuelto en el humo y el olor de las llamas y la podredumbre.

»¿Queréis que siga? Entonces no debo pasar por alto mi experiencia en los quirófanos de campaña. Un cirujano es una mano capaz de manejar un pequeño cuchillo cromado. Dominar ese arte suele llevar diez años, a menos que acortes el plazo realizando decenas de operaciones al día. Como soldado con tres cursos de Medicina, durante la guerra me tocó ayudar a cirujanos en miles de operaciones. Ellos me enseñaron mucho más que mis mejores profesores en la facultad. Nunca me dejaron ligar un gran vaso atravesado por una bala o suturar una perforación en la pared torácica, pero me encomendaron muchas amputaciones. Es una de las operaciones más frecuentes en una guerra. Siempre es terrible para el paciente, pero lo que está en juego es una opción que no ofrece duda: conservar un miembro o conservar la vida. La operación puede ser fácil, pero la decisión previa suele ser muy difícil. Si el cirujano decide conservar el brazo y todo marcha bien, el resultado es altamente satisfactorio. Si no amputa y el brazo no tiene salvación, el paciente suele perder la vida. No voy a entrar en detalles, pero es así de simple. ¿Tenéis alguna pregunta?

Se levantaron una docena de manos. Otto fue contestando a todos y se extendió en la última respuesta.

–Señor Hoffmann –había dicho Vitali–, ¿hay en la guerra aspectos que no sean sórdidos y brutales?

–En cuatro años de guerra se estrechan muchos lazos con compañeros que te han ayudado en circunstancias extremas, que quizá te han salvado la vida, con quienes has reído y llorado... La camaradería y la amistad son sentimientos nobles, no hay duda. Pero sería grotesco defender la guerra por que en ella no todo es demencial.

–Entonces, ¿nunca hay buenos momentos? –insistió el joven.

–Hay momentos estupendos, claro. Los había casi a diario. Muchas noches jugábamos a las cartas en la galería del alférez Jünger, sobre una caja que contenía docenas de granadas. Las partidas solían acabar en una agradable charla.

Otto mencionó también, entre las distracciones que ofrecía el tiempo libre en la retaguardia, la caza.

–Nos resultaba apasionante. Y entre los animales aspirantes a la cazuela ganaban los conejos y las perdices.

Después nos sorprendió con algo realmente insólito.

–En cierta ocasión, varios días de lluvia incesante causaron en las trincheras más estragos que las bombas. Hundidos en el barro hasta el ombligo, trabajábamos sin tregua con el fin de achicar y volver a pisar suelo firme. Para dormir, colgábamos encima las lonas de las tiendas de campaña, pero goteaban como regaderas. Por fin, una mañana, al despertar, un sol radiante iluminaba la trinchera. Cuando me incorporé, completamente empapado, y subí hasta una mirilla de tirador, no podía dar crédito a lo que mis ojos contemplaban. Aquella zona en los dominios la Muerte tenía ahora la animación propia de una feria rebosante de vida. De común acuerdo, las dos guarniciones enfrentadas habían salido desarmadas de sus parapetos, empujadas por el barro, y a través de las alambradas se había iniciado un intenso tráfico de bebidas, cigarrillos, botones, navajas, linternas y cosas parecidas. La muchedumbre que salía de la trinchera inglesa producía un efecto desconcertante.

»De pronto, un disparo inglés hizo que uno de nuestros hombres cayera muerto sobre el barro. En un segundo ambos bandos habían desaparecido como topos en sus madrigueras. Ernst se dirigió entonces al extremo de nuestro ramal más avanzado y comunicó a gritos que quería hablar con un oficial británico. Al poco tiempo, se alzó sobre el parapeto enemigo un pañuelo blanco atado a una bayoneta. Ernst se puso en pie sobre el borde de la trinchera. El oficial británico le imitó. La conversación se desarrolló en inglés, mientras la tropa escuchaba con atención.

»–Uno de mis hombres ha muerto porque habéis roto una tregua.

»–Lo siento, pero la bala no ha sido disparada por mi compañía.

»Ernst y el *tommy* siguieron hablando de otros asuntos, pasando del inglés al francés varias veces. Había entre ellos un respeto casi deportivo, y creo que les habría gustado intercambiar algún regalo como recuerdo. Para volver a la normalidad, tuvieron que declarar de nuevo la guerra y acordar la reanudación de las hostilidades. Ernst se despidió con un "au revoir!" y disparó al aire. El británico respondió "Guten Abend!" y también disparó, pero su tiro pasó silbando sobre nuestras cabezas.

Al escuchar esta historia, Daniel, yo recordaba la pregunta que se hace un personaje de Shakespeare: «¿Por qué el corazón humano, con toda su savia de nobleza, es también nido de los instintos más deshumanizados?».

Espero no cansarte con las páginas que llevo escritas. Las considero esenciales para entender nuestra época. Debo añadir que el asesinato del heredero del Imperio austrohúngaro, en Sarajevo, fue el detonante de una cadena de despropósitos que ciertamente se pudo haber evitado. Tu tío asegura que esa contienda mundial fue un error sin justificación y una gigantesca inmoralidad, en la que bastaron cuatro años para segar veinte millones de vidas e infligir otro tipo de daños imposibles de evaluar. Aunque todo eso quizá no fue lo peor: el monstruo de la guerra puso sus huevos en las entrañas de unas heridas que nunca cicatrizaron, pues la durísima Paz de Versalles se redactó sobre la venganza y el odio a los alemanes. Con esos sentimientos se alimentó el revanchismo que hizo posible a Hitler.

Dostoievski

─¡Vaya: nunca os había visto tan trabajadores!

Etty ha vuelto esta noche al Palace y nos ha pillado a los nueve en la cocina, repasando la lista de deportados que subirán al próximo tren de Auschwitz. Por nuestras caras, por los papeles sobre la mesa y el repentino silencio, se ha hecho cargo de la situación. Y, como si fuera nuestra solícita abuela, se ha permitido recordarnos que esas horas son para charlar apaciblemente en familia, «no para hablar de negocios».

Antes de que pudiéramos decir nada, ha entregado a Boris una gran bandeja. Al retirar la servilleta de hilo que la cubría, ante nuestros ojos ha aparecido un oloroso pastel de manzana en todo su esplendor.

─De manzana bielorrusa ─puntualiza Etty con un guiño─, la preferida por los osos del Cáucaso.

Boris se ha reído a gusto, ha cortado y repartido diez trozos, ha servido vodka y ha levantado su vaso por la muchacha. Todos lo hemos imitado.

–Bueno –dice Etty sin sentarse–, ahora vais a disculparme porque debo regresar a mi zona.

De forma delicada, nos permitía volver sobre algo tan grave como la confección de listas para los transportes. Al levantarse, varios nos hemos ofrecido para acompañarla, como si fuera ya una vieja costumbre. La muchacha merecía diez minutos de esta noche que invitaba a la confidencia bajo las estrellas. Al llegar al canal, se ha detenido un instante y ha comentado, ensimismada:

–Habría preferido no conocer a Dik, no haber entrado en su barracón, no haber sabido de él.

La luna ilumina su expresión dolorida.

–¿Verdad que eso no se hace? ¿Verdad que no se puede golpear en la nuca a un muchacho indefenso? ¿Verdad que no se le puede disparar como a un perro?

Podrías estar escuchando la voz de Etty, limpia y modulada, un siglo entero. Sus preguntas no acusan a nadie, no rezuman odio, ni siquiera apelan a la justicia. Solo manifiestan el desconcierto y la impotencia ante el poder enorme y absurdo del mal. Igual que ella, todos en Westerbork nos preguntábamos por qué tuvo Dik que jugar aquel maldito partido, por qué aquel guardia de las SS tuvo que colocarse justo a la derecha de la portería, en la trayectoria del disparo del joven...

–¿Acusamos a los nazis o al guionista de la farsa de la vida? –pregunta Boris.

–¿Qué quieres decir? –responde Etty.

–Me gustaría tener claro por qué muere la vieja usurera... ¿Es Raskolnikov quien la mata o es Dostoievski? Si no has leído *Crimen y castigo,* podemos formular la cuestión con un personaje más famoso: ¿don Quijote se vuelve loco por leer demasiadas tonterías o por decisión de Cervantes?

A Etty se le escapa una exclamación de júbilo al saber que Boris es profesor de literatura rusa.

—Yo te imaginaba cazador en la tundra o camionero, no especialista en Dostoievski.

—Ya ves, las apariencias engañan —replica Boris complacido.

—Empiezo a comprobar que el Palace está lleno de sabios.

—Solo Jerzy y Boris —puntualizo.

—¿De verdad? ¿Y por qué sabes tanta historia, Boris?

—Esa es otra canción. Por una parte, me gusta. Por otra, soy alumno de Jerzy, que me ha presentado a Tucídides, a Mommsen...

—¿Y has podido con ellos?

—Juraría que sí. Es más, los saboreo página a página. Me han enseñado que las cifras de mis cuadernos de contabilidad pueden ser exactas a costa de no decir nada sobre los aspectos más importantes de la vida.

—O sea, que la exactitud y la verdad son cuestiones muy diferentes —concluye Etty.

Churchill y Stalin

Cuando la muchacha regresa a su barracón y nuestras literas se van ocupando, Leo lava la loza y Clemens se queda leyendo en la cocina. Yo escribo al otro lado de la mesa y le muestro mi resumen de su clase. Mientras lo ojea asiente con la cabeza, pero me advierte de que sus palabras solo han reflejado una mínima parte de la verdad, pues el horror de la guerra es indescriptible, tan profundo que no conviene bucear en sus recuerdos y tampoco salpicar con sus atrocidades a quienes no las conocen.

–Quiero enseñarte una cosa –me dice.

Sentado, con la espalda apoyada en la pared, su brazo se alza como una grúa articulada hasta un anaquel sobre su cabeza. No necesita mirar la posición de un grueso volumen para alcanzarlo. Después lo pone sobre la mesa, lo abre, pasa varias hojas y lo desliza hasta colocarlo bajo mis ojos. Con el índice, me señala el comienzo de un párrafo.

–Aquí está la verdad –afirma.

Es un texto escrito por Winston Churchill hace veinte

años. El entonces secretario de Estado reconoce que en la Gran Guerra se acumularon los horrores de todos los tiempos. Países muy cultos creyeron, con razón, que estaba en juego su propia supervivencia y, en consecuencia, no pusieron límites a las acciones que podían ayudarlos a vencer. Alemania empezó la guerra y echó mano del terror, pero pronto fue imitada por las naciones a las que había atropellado. Sus crímenes contra la humanidad fueron contestados con otros más grandes. Barcos hospitales fueron hundidos, y sus tripulaciones abandonadas en alta mar. Las bombas cayeron indiscriminadamente sobre civiles indefensos. Muchos tipos de gas venenoso asfixiaron o dañaron de por vida a los soldados. Europa y grandes extensiones de Asia y África se convirtieron en campo de batalla. El canibalismo fue lo único que los países civilizados rechazaron, quizá porque no fue necesario.

Después de leer esa página en voz alta, me pregunto si Churchill no está exagerando. Leo, que ha cerrado la alacena y se ha sentado con nosotros, niega con la cabeza.

–Eso solo fue el principio –dice.

Leo tiene mi edad. Hace diez años era cadete en la Academia Naval de Leningrado. Cuando se licenció, su buen expediente le permitió ingresar en el Servicio de Inteligencia. Allí conoció desde dentro las purgas que causaron estragos en todas las capas de la población soviética.

–Todo ruso sabe que puede ser detenido y fusilado en cualquier momento –añade–. Mi generación y la de mis padres han sido inmoladas en el altar de un comunismo traicionado por Stalin, que no pretende la dictadura del proletariado, sino un proletariado bajo su dictadura. Eso no ha pasado en el resto de Europa.

Boris aparece en el umbral de la puerta con cara de pocos amigos. Refunfuña que no le dejamos dormir y nos callamos, pero guiña un ojo y se une a la tertulia de la cocina para dar la razón a Leo.

–A pesar de toda la retórica estalinista sobre la igualdad y la justicia, la población soviética está doblegada por el miedo, el hambre y la persecución arbitraria. Te voy a poner un ejemplo entre cientos. ¿Sabes lo que son los batallones penitenciarios?

Leo y Boris explican que, cuando miles y miles de prisioneros languidecen en los campos del Gulag y esperan con resignación la muerte, acontece algo que ningún soviético podía imaginar. El año pasado, los ejércitos de Hitler invadieron la Unión Soviética y en tres batallas tomaron más de un millón de prisioneros y dejaron despejado el camino hacia Moscú. Aterrorizado, Stalin dictó entonces las órdenes más severas que se pueden imaginar. En la retaguardia del Ejército Rojo se colocaron unidades especiales cuya única misión era fusilar a los soldados que retrocedían. Como esa medida no fue suficiente, se decidió explotar la reserva de los campos penitenciarios y se pidieron voluntarios para luchar contra los invasores alemanes. Pero los presos que se presentaron no fueron integrados en unidades normales, sino en cuerpos mucho más peligrosos cuyas misiones suicidas solían consistir en lanzarse al ataque los primeros y limpiar campos de minas corriendo por ellos.

–No creo que nadie pueda sentirse patriota en esas condiciones –concluye Leo–. Más bien te ves como un animal llevado al matadero, y si tienes la suerte de sobrevivir odiarás toda tu vida a Stalin.

Las cenas del Palace

Se me ocurre, Dan, que un pequeño esquema con los datos principales de los nueve jefes te facilitará la lectura. Allá voy.

Werner Cohen	Holandés	Ingeniero de minas
Max Cohen	Holandés	Médico internista
Jopie Vleeschouwer	Holandés	Médico otorrino
Otto Hoffmann	Alemán	Médico cirujano
Clemens Hoffmann	Alemán	Arquitecto
Boris Maikov	Ruso	Profesor de literatura
Leo Yakov	Ruso	Servicio de inteligencia
Jerzy Wajda	Polaco	Profesor de historia
Osias Korman	Austriaco	Médico psiquiatra

Algunos días, cuando Etty llega al Palace ha trabajado desde el amanecer: doce horas, más o menos, con una breve pausa para el almuerzo. Esta tarde, mientras Max y Otto terminaban de preparar la cena, los que charlábamos y fumábamos en el porche hemos visto que ella se acercaba por el canal, nos saludaba con la mano y sonreía. Solo al llegar a las escaleras hemos advertido su cansancio. Jopie le ha ofrecido un taburete de la cocina.

–Descansa un poco. ¿Qué tal ha ido el día?

Etty lo agradece y se sienta bajo el serbal. En su segunda semana va todavía de sorpresa en sorpresa, descubriendo aspectos insospechados de la vida en el *lager.*

–Hoy he dado una clase de latín y griego –dice con satisfacción.

Esta vez somos nosotros los sorprendidos.

–Sí. No pongáis esa cara. La directora de secundaria me ha enseñado las escuelas. Entraba conmigo en los barracones, me presentaba y yo decía unas palabras. Más o menos las mismas en cada barracón. Pero el grupo de doce a catorce años ha iniciado un diálogo que se ha convertido en una especie de clase. Lo hemos pasado bien y estoy segura de que van a seguir dando vueltas a lo que han escuchado.

–¿No les habrás propuesto un plan de fuga?

–Les he contado que, como buena holandesa, me gustan los idiomas y estudio inglés. Que mi madre habla conmigo en ruso, su idioma nativo. Y que mi padre, profesor de lenguas clásicas, a menudo emplea el latín con sus hijos, salvo cuando se enfada y pasa al griego.

–¿Y qué han dicho las niñas?

–Que si vivo en la Torre de Babel. Una me ha preguntado si «ese latín y ese griego» son lenguas muy difíciles. He respondido que todos nos servimos de ambos idiomas sin darnos cuenta, pues usamos cientos de palabras griegas y latinas en la conversación habitual.

–Bien dicho, Etty. Los médicos identificamos las enfermedades por sus nombres griegos –corrobora Jopie.

–Como *cefalea* y *neuralgia*, ¿verdad?

De forma indirecta, la muchacha nos estaba hablando de su propio malestar. Jopie lo advierte y decide indagar un poco, lo suficiente para que ahora sepamos que Etty sufre con frecuencia dolores de cabeza y desarreglos gástricos en Westerbork. Para Max, se trata de reacciones normales al exceso de trabajo, el cambio de alimentación y las emociones fuertes. Ambos, desde su amplia experiencia clínica, aconsejan a la muchacha unos días de reposo en Ámsterdam. A todos nos parece lo más oportuno, y Boris formula con acierto el sentir común:

–No tardes en tomarte ese descanso. Queremos verte recuperada y en plena forma.

El vozarrón de Otto anuncia que la cena está servida. El porche queda desierto en dos segundos. Con los ojos en la sopera humeante, nos sentamos en torno a la mesa, sobre el banco que recorre el perímetro de la cocina. Etty advierte que las paredes ya no están desnudas. Van Gogh nos observa desde uno de sus inquietantes autorretratos. También cenamos en compañía del barbudo cartero Joseph Roulin y de un ramo de encendidos girasoles. Se trata de tres láminas que he dibujado y pintado sumando ratos libres, a veces durante algunas sobremesas en esta misma cocina.

Las tranquilas cenas del Palace son, Daniel, lo más grande de Westerbork. Sin ninguna duda. Los nueve afortunados hemos llegado a saborear lo mejor de la amistad gracias a ellas. Somos muy diferentes, pero compartimos una delicada tarea común y estamos empeñados en facilitar la vida a los prisioneros, en no permitir que les resulte insoportable. A esa motivación se añade la esperanza, pues todos planeamos nuestro futuro después de la guerra, lo adornamos con imaginación, soñamos juntos en voz alta y no cesamos de hablar de América.

Tenías que oír a Boris dando por hecho que logrará enseñar literatura rusa en Estados Unidos, poner de moda a Dostoievski en la Universidad de Virginia, dar largos paseos por su campus boscoso, entre lagos y ciervos.

–Yo prefiero San Francisco –dice Etty–. Caminar por sus muelles con mis hijos de la mano; regatear con los vendedores de cangrejos bajo las gaviotas que sobrevuelan al acecho; pararme en los puestos de *fish and chips* mientras un gran navío humea en dirección al Golden Gate...

En el Palace, nuestros sueños vencen cada noche al mundo real de miedos y penurias, de desconsuelo y desengaños, de hedor y sopa de sémola.

–¡Nunca he visto una película de Buster Keaton!

–¡Prefiero a Chaplin!

–¡A mí me gustaría cenar con Bette Davis!

Tu tío Jerzy, en broma, nos confiesa que le gustaría vivir en alguna de las mansiones de Long Island, con piscina de mármol y veinte hectáreas de jardines y bosques. Cree que podría encontrar trabajo como preceptor de los hijos de algún multimillonario. Afirma, aunque no le creemos, que hay propiedades donde puedes amarrar el barco y saltar directamente sobre un césped que corre cuatrocientos metros hasta la fachada principal, surcado por caminos de caliza roja bajo árboles centenarios.

Ya ves, Daniel, que el Palace es una isla inverosímil en un mar tormentoso. La cordialidad de su ambiente nos lleva a preguntarnos, de cuando en cuando, qué caprichosa combinación de azares ha hecho posible nuestra coincidencia en este país y en este campo. Etty, con perspicacia, captó esa singularidad nada más llegar a Westerbork, y la enriqueció desde que un buen día cambió su rutina y se presentó antes de lo habitual. Traía una suculenta sopa de patatas y nabos, buena excusa para cenar y pasar más tiempo con nosotros. Deseaba escucharnos, conocer nuestra opinión sobre los tiempos surrealistas que estábamos viviendo. No le bastaba lo que veía en el campo. Su inteligencia despierta ansiaba entender el presente, otear el futuro, sacar conclusiones, aclararse.

−Ya sé que tropezamos dos veces en la misma piedra, pero la Gran Guerra fue un cataclismo, no un tropezón. Por eso no me entra en la cabeza cómo hemos podido provocar un conflicto mucho mayor.

Otto Hoffmann saboreaba la sopa de Etty y escuchaba atentamente, hasta que decidió intervenir.

−Para un alemán no es tan difícil de entender, Etty. ¿Crees que se puede acorralar a un león entre cuatro paredes? ¿Crees que puedes amedrentarle con un palo, como si fuera un perrillo? Eso fue lo que pretendieron los aliados cuando obligaron a Alemania a firmar la Paz de Versalles.

−¿Está seguro, doctor Hoffmann?

−¡Claro que lo estoy! Recuerda que no hubo negociaciones, solo imposiciones. Los delegados alemanes no pudieron discutir las condiciones, tuvieron que decir amén porque lo contrario habría equivalido a la reanudación de la guerra, con la invasión de Alemania por los aliados. ¡Dónde se ha visto algo semejante!

Clemens aprovechó la pausa para completar la acalorada intervención de su hermano.

—Además de cometer una gran injusticia, creo que Francia e Inglaterra pensaron que podían convertir al león germano en un manso gatito, y lo único que lograron fue alimentar su enfurecimiento. Esa enorme equivocación y esa repugnante prepotencia es lo que ahora estamos pagando todos.

—¿Tú también lo ves así, Jerzy? —preguntó Etty.

Tu tío asintió con la cabeza y levantó su vaso para que Boris le sirviera otro trago de vodka. Después de apurarlo, aventuró un pronóstico demoledor.

—A mí lo que me abruma son las consecuencias de esta guerra, pues estoy de acuerdo con las causas señaladas por Otto y Clemens.

—¿Qué quieres decir? —preguntó Leo.

—Creo que, si esto no acaba pronto, podrán morir más de cincuenta millones de personas, entre militares y civiles. Los heridos, como es lógico, superarán a los muertos. Y los desplazados también vamos a ser muchos millones. Nunca en la historia de la humanidad se habrá visto algo parecido.

Jerzy nos había dejado a todos en silencio, con expresión sombría, intentando imaginar la locura de esas cifras y su imposible traducción en sufrimiento, pero no había terminado.

89

—Os habéis quedado mudos —observó—. Y todavía no nos hemos preguntado por una cuestión quizá más grave:

¿qué sucederá si Europa pierde la guerra y cae en manos de Hitler?

Antes de que nadie pudiera responder, el agua comenzó a silbar en la tetera. Etty se levantó y se dispuso a servirnos la infusión. Si días antes éramos desconocidos para ella, ahora llevaba la batuta con la soltura de una compañera de colegio que hubiera crecido a nuestro lado. En el Palace es nuestra invitada, pero se las arregla para cambiar de papel y convertirse en anfitriona sin que nos demos cuenta. Y entonces reparte juego: nos hace hablar mientras permanece en silencio, demuestra inteligencia para plantear las cuestiones, paciencia para escuchar con atención y tino para intervenir. Fuera, en el campo, su conversación es culta, interesante y agradable, pero cuando viene al Palace prefiere callar, aprender, conocernos. A pesar de su delicada salud y sus dolores, atiende con los cinco sentidos y me parece que disfruta de esa tensión intelectual.

La noche anterior a su regreso a Ámsterdam, al despedirla en su zona, Etty reconoció que éramos el grupo perfecto para la sobremesa: inteligentes, experimentados y fáciles de controlar.–Ponte fuerte y regresa pronto –le *ordenó* Boris.

Ella cruzó el portón y se volvió para lanzarnos su sonrisa como si fuera un manojo de flores.

Mi esposa

Tu madre, Daniel, sin haber terminado los estudios de enfermería hacía prácticas en el hospital Rothschild de Viena. Tenía veinte años, tres menos que yo, cuando me enamoré de ella. Estuvimos viéndonos durante diez meses. Íbamos al cine, bailábamos, caminábamos y hablábamos mucho. Yo la esperaba en la puerta de su residencia hasta que aparecía radiante con su vestido amarillo, sacudía su melena rizada y se reía de mi seriedad. En ella descubrí, por primera vez, la fuerza irresistible de la belleza. Fueron meses con el corazón encendido día y noche. Dejé de escuchar lo que decían los pacientes. Abría las historias clínicas y me parecía ver en sus hojas la imagen de tu madre. Mis libros de psiquiatría no me habían hablado de esa desviación obsesiva de la atención. Tuve que volver a los filósofos griegos para descubrir que Platón sabía mucho más que Freud.

Un sábado lluvioso, después de bailar hasta muy tarde, le pedí que se casara conmigo. Se mordió los labios y dio un paso atrás bajo la farola que iluminaba la fachada de su residencia. Me dijo que no, que no estaba preparada para afrontar ese enorme compromiso. Y se le saltaron las lágrimas al verme desarbolado y comprender que todo mi mundo se había estrellado contra ese momento. Yo estaba clavado en la acera. Pasaban coches. Ella se alzó sobre las puntas de sus pies para poner un beso en mi mejilla helada y despedirse. Más tarde, me contó que al entrar en su habitación se dejó caer sobre la cama y estuvo sollozando sin poder contenerse, hasta que su amiga Nelly llamó suavemente a la puerta. «No es nada», mintió mientras se secaba las lágrimas y hacía el terrible descubrimiento de que ya había decidido casarse con aquel joven médico. La boda se celebró un mes más tarde.

Con el matrimonio entramos en otro mundo. Nos llovió del cielo el regalo de una felicidad inexplicable, inmerecida, que nos llevaba a preguntarnos con frecuencia: «¿Por qué a mí?». Éramos inmortales, llenos de una luz que deslumbraba a nuestros amigos. Aquello duró un año. Supongo que tú llegaste para confirmar que no fue un sueño.

Tal vez te preguntes, hijo, por qué te cuento esto. No lo sé. Quizá porque a menudo imagino la posibilidad de repetir esa historia, de recuperar la libertad fuera de Westerbork, de enamorarme y volver a vivir en plenitud...

Cartas de Etty

14 de agosto de 1942

Estimado Korman:

Un breve saludo desde esta gran ciudad. Camino por sus muchas calles y Westerbork me acompaña. Es curioso cómo, en tan poco tiempo, te compenetras con un lugar y sus gentes, de las que te cuesta tanto separarte. Me siento inexorablemente unida a ese campamento donde se fabrica el destino de tantas personas. No puedo explicarme por qué, tal vez con el tiempo lo aclare, pero en todo caso estoy decidida a volver allá. Saluda a Rosenberg y a todos. Para ti, un recuerdo afectuosísimo de Etty.

Primera carta de Etty. Yo tampoco me explico la atracción que Westerbork ejerce sobre ella. Todo un reto para un psiquiatra. Me sorprenden el encabezamiento y la despedida, pues siempre nos habíamos tratado con elegante distancia.

18 de agosto de 1942

Querido Korman:
Tan solo este retrato que ya tiene dos años, con un saludo, el más afectuoso de mi parte, para asegurarme de que no me olvidarás.

Etty

Copio la foto con mis lápices, Dani. No sé qué le pasa a esta muchacha. Ha escrito a los nueve jefes, pero solo conmigo es efusiva y a ninguno ha enviado una fotografía... La lectura de sus cartas en el Palace me convierte en el centro de las bromas. Por suerte, regresará pronto y dejará de escribirnos.

15 de septiembre de 1942

Korman, querido amigo:
Estoy ante mi escritorio; se respira tanta calma que me quedaré unas horas más junto a mi lámpara. Mañana no regresaré a Westerbork. Una vieja herida ha resurgido en mi cuerpo y sigo un tratamiento desde anteayer. Tengo que improvisar una nueva forma de paciencia para hacerle frente a este inesperado estado de postración. ¿Me escribirás? ¡Hasta pronto!

La recaída de Etty es una mala noticia. Su ausencia coincide con la excesiva afluencia de prisioneros holandeses, provocada por la obsesión nazi de borrar a los judíos de la faz de la tierra. Un empeño tan perverso que no debe ser pronunciado y necesita el malabarismo lingüístico de *la solución final*.

Quien se hace con la palabra, Daniel, se hace con el poder, está claro. Hitler y sus secuaces, además de controlar los medios de comunicación, muestran una consumada habilidad para dar la vuelta al lenguaje. Como eufemismo, *la solución final* es perfecto, hasta el punto de enmascarar un genocidio.

22 de septiembre de 1942

Korman, amigo mío:
    Me han entrado unas ganas súbitas de enviarte un saludo cálido e íntimo. ¿Rezaste y ayunaste ayer? ¿Fue todo bien con toda aquella gente? Pronto tendrás que contármelo... Sí, tendrás mucho que contarme. Estoy en mi escritorio, bebiendo leche como una recién nacida. Muchos amigos vienen a verme para poner en mis manos sus inquietudes. Trato de buscar dentro de ellos mismos las soluciones a sus desasosiegos. Saluda a tus compañeros. No hace falta que te diga mi hondo sentimiento de amistad por ti.

Por nuestras noticias, Etty conoce algo de lo que está sucediendo en Westerbork, intuye lo que omitimos y sufre. Tan solo ha pasado entre nosotros dos semanas de agosto, un tiempo insuficiente para conocer bien a una persona. Sin embargo, por invisibles atajos ha llegado directamente al afecto y la amistad, a sentir un cariño profundo y sereno hacia muchos de nosotros.
    No deja de sorprenderme esa capacidad de amar, tan parecida a la solicitud de una madre, de una esposa. Prueba irrefutable son sus cartas. A Boris le gusta la calidad literaria de su prosa, llena de frescura y vivacidad; a mí, en

cambio, me asombra la calidad de su corazón. Todos en el Palace hemos recibido varias, igual que sus compañeras de barraca y muchas otras personas de Westerbork. ¿Cómo lo consigue? ¿Estarán escritas durante largas noches en vela? La pasada semana, por fin, correspondí con mi primera carta, tecleada en su propia máquina. Hoy me llega la respuesta.

28 de septiembre de 1942

¡Qué contenta debe sentirse mi desamparada máquina de escribir por haber concebido al fin un texto hermoso! Sí, un texto que evoca a ese lugar en cierta región de Holanda, con una pradera y casitas de madera, donde vive alguien llamado Osias Korman, con lindos ojos tras unas gafas, y que me conmueve hondamente cuando me dice: «Eres un ser realmente creativo, pues has creado en torno a mí algo que está vivo».

¡Qué vida tan rica me sale al encuentro desde tantos frentes!

La mitad de las noches se me van delante de mi escritorio, leyendo y escribiendo junto a mi lamparita. Cuando no haya más alambradas en el mundo, Osias, vendrás a mi habitación, tan hermosa y tranquila.

¿No es esto una velada declaración? ¿No me está proponiendo que al terminar la contienda vayamos de la mano por el mismo camino? «¡Qué vida tan rica me sale al encuentro desde tantos frentes!». ¿He leído bien? Me pregunto cómo puede estar Etty enferma, en medio de la locura de un mundo en guerra, y al mismo tiempo desbordar optimismo. ¿De qué sustancia está amasada esta muchacha? Mis libros de psiquiatría no tienen la respuesta.

4 de octubre de 1942

Korman, querido mío, qué días tan difíciles debéis estar pasando... Y yo me siento consternada de no poder hallarme entre vosotros. Dentro de poco, el médico me pondrá inyecciones para fortalecerme. He de tener paciencia para pasar este estado de postración.

No te vayas antes de que yo regrese. ¿Me harás llegar alguna línea tuya de vez en cuando? Si no tienes tiempo, no te preocupes: lo entenderé y sabré que tú siempre estás ahí. Y ahora me voy a dormir. Amigo querido, te mando muchos saludos y mis mejores y más efusivos deseos, que deberían bastar para llenar los días sucesivos, hasta que te escriba de nuevo. No me olvides y prométeme que te vas a restablecer.

En un mes se ha triplicado la población del campo sin que el suministro de agua, los alimentos y el espacio hayan aumentado. De todas formas, por Magda y ciertos prisioneros que han estado en otros *lager* sabemos que en Westerbork podemos considerarnos casi privilegiados. Los trabajadores de algunos campos comienzan su jornada a las tres de la madrugada, están obligados a desplazarse al «trote SS» incluso cuando cargan materiales pesados, trabajan jornadas de dieciséis horas, pueden ser apaleados y ahorcados por abandonar su tarea...

Todo esto casa con los rumores que corren sobre Himmler, el jefe de las SS. De él se dice que está «alquilando» prisioneros de los campos a la industria privada, y también que los «rescata» a espaldas de Hitler para que trabajen como esclavos en sus propias fábricas, hasta que solo valen para ser eliminados en las cámaras de gas y los hornos crematorios.

9 de octubre de 1942

¡Korman! ¿Osias? ¿Podrá alcanzarte mi voz en medio de todo lo que os sucede en los últimos tiempos? Intento continuamente hacerme una idea de todo aquello. ¿Cómo vives ahora? Seguro que trabajas día y noche, y así te anegará la desesperación. ¿Pasas hambre? ¿Por qué soy tan tonta de estar enferma en vez de volver con vosotros? Me siento como una desertora por no estar junto a vosotros, pero estoy reuniendo todas mis fuerzas y, cuando estéis al borde de la extenuación, apareceré de repente y repondré vuestras energías. Cuando yo estaba allí, ¿era Westerbork un lugar idílico comparado con lo que es ahora? ¡Qué hermosos paseos dimos junto a la alambrada de púas y qué buenos amigos éramos! En tan poco tiempo y tan buenos amigos... ¿Tienes tiempo de dedicarme un pensamiento amistoso? ¿Podrás sacar fuerza de este gran sentimiento mío de amistad hacia ti, que es constante?

Etty conoció Westerbork la primera quincena de agosto, en el apogeo del suave verano holandés. Un día nos dijo que nuestra hierba salpicada de altramuces amarillos le parecía tan poética como los campos de girasoles de Van Gogh o las amapolas que pinta Renoir en una ladera bañada por el sol. También aseguró que escuchaba a las alondras mejor que en Ámsterdam. «Cualquier mañana te llega su trino alegre desde los álamos del canal, y sientes por un instante la certeza de que la vida, a pesar de todo, es hermosa».

Cuando Etty nos confió ese sentimiento, Boris comentó que así son los regalos de Dios a los pobres. Ante la cara de aprobación que puso la muchacha, Boris redondeó su intuición y añadió que otros regalos de ese tipo son las lavanderas, los mirlos y los pinzones, que llegan después de las alondras. En plena vena lírica añadió que ahí no se agota la generosidad del Creador, porque a finales de abril, por San Marcos, llegan las golondrinas y empiezan a construir sus nidos bajo los aleros de los barracones. Y al final del día, cuando dejan de trabajar, juegan a perseguirse como los niños de Westerbork.

Etty tiene razón. Comparada con la caótica situación actual, la vida en Westerbork había sido un lujo. Entonces, nuestro aspecto externo era normal; ocupábamos habitaciones dignas, en casitas de madera; teníamos agua para beber y lavarnos; podíamos vestirnos, desvestirnos y usar el retrete con privacidad. Ahora, en cambio, levantamos barracones contrarreloj, tendemos ramales de ferrocarril a golpe de látigo, arrastramos piedras, cavamos letrinas y pasamos hambre.

La línea férrea que atraviesa el *lager* ha quedado conectada con las principales vías del país. La nueva red de ferrocarriles permite que se multipliquen las cacerías masivas de judíos por todo el territorio holandés. Los ríos humanos inundan Westerbork. Por eso, las deportaciones a los campos de exterminio se han hecho semanales. Como una larga procesión de ataúdes con ruedas, un tren parte puntualmente todos los martes, abarrotado de judíos que cumplirán su sentencia de muerte en Auschwitz, Birkenau y Bergen-Belsen.

Acabo de escribir brevemente a Etty. Evito los detalles dantescos y repito las dos líneas de su segunda carta: «Estimada Etty: Tan solo un saludo, el más afectuoso de mi parte, para asegurarme de que no me olvidarás». Espero que se ría a gusto.

28 de octubre de 1942

Osias, mi fiel Osias:

Me encantaría escribirte cosas hermosas, algo hermoso desde el fondo de un corazón amigo... ¡Me puse tan contenta con tu última carta! Pero mis ojos se niegan a cooperar, son apenas las ocho de la noche y me muero de sueño. Tu amiga Etty es, por ahora, un ser humano que no sirve para nada, cuya ocupación primordial es dormir (por favor: duerme tú también, te lo ruego). Además, ingiero una vaca diaria y me estoy poniendo gorda y fea.

Westerbork está dentro de mí, empañándome. Y me atemoriza lo que veo. Hay mucha gente que antes comercializaba dentífricos y ahora judíos. Por lo demás, espero que estés bien, tranquilo y sereno... Es curioso, pero me da la sensación de conocerte desde hace años. Recibe el saludo más afectuoso de este ser muerto de sueño, llamado Etty.

Claro que me gustaría dormir, pero el trabajo en Westerbork nos roba horas de sueño. Las redadas masivas están provocando hacinamiento y hambre. Esta penosa situación no ha preocupado al comandante Dischner hasta que han aparecido los primeros brotes de tifus y han muerto tres internos. Entonces, ha entrado en trepidación y ha ordenado deshacerse de los cadáveres de la forma más expeditiva, sin incineración ni sepultura, arrojándolos directamente a la sima de la granja Groten, a medio kilómetro del campo. Ese pozo natural, de origen kárstico, es muy conocido en la zona por su profundidad. Para evitar accidentes, su pequeña boca se encuentra en el centro de un bosquecillo, protegida por arbusto denso y espinoso, muy difícil de atravesar. Como es lógico, la familia Groten ha protestado por lo que considera poco menos que allanamiento de morada. Pero Dischner les ha amenazado con confiscarles la granja y tirarles a ellos con los cadáveres.

Respecto a los infectados, hemos procedido a su inmediato aislamiento en un barracón que Clemens Hoffmann ha levantado de la noche a la mañana. Para no duplicar los posibles focos de infección, la misma barraca alberga hombres y mujeres, separados por un simple tabique central.

4 de noviembre de 1942

Oh, Korman... Korman querido...

Aquí el tiempo se ha vuelto húmedo y frío, y me pregunto cómo será allá, con tan poca comida y tan pocas mantas. Tengo un día de desasosiego, pensando en vosotros. ¿Qué tal estás? En uno de nuestros paseos, bordeando el campo amarillo de altramuces, hablamos sobre las personas y el cumplimiento de los deseos, ¿te acuerdas? Creo que en la vida, bajo cualquier circunstancia, puedes descubrir algo positivo, pero lo que acabo de escribir solo tienes derecho a decirlo cuando has salido adelante en las peores adversidades. A veces pienso que es mejor agarrar la mochila y dejarse deportar.

Necesito caminar a solas. He subido al camino alto envuelto en el recuerdo de Etty. Entre los tilos hay un joven castaño. Sus hojas se despiden en noviembre con una policromía de verdes, ocres, marrones, pardos y amarillos. Al bajar parecían arder las hojas más altas de los álamos del canal, y una luna color melocotón se asomaba entre las nubes. Siguen llegando nuevos prisioneros holandeses, que se despiden como las hojas y marchan mustios en los vagones hacia Polonia. Cada día de este otoño es una triste despedida.

¿Agarrar la mochila y dejarte deportar? Esas cosas no debes ni pensarlas, Etty. Tú y yo no podemos rendirnos.

15 de noviembre de 1942

Buenos días, Osias:

El viernes regreso a Westerbork con Vleeschhouwer. Ayer me contó muchas cosas sobre las deportaciones y lo difícil que está la situación allí. En ocasiones pienso que lo único que se puede hacer es dejar fluir a borbotones esa pizca de humanidad que cada uno lleva dentro de sí. Todo lo demás es secundario. Bueno, ya hablaremos a finales de esta semana, si tienes tiempo... ¡Claro que tendrás tiempo! Me dará una alegría enorme volver a verte. Sí, una alegría descomunal...

Segunda parte

El regreso de Etty

Es de noche y ha sabido encontrarme. Ha llegado de puntillas por el pasillo silencioso. Tose levemente y asoma la cabeza saboreando la sorpresa que está a punto de provocar. Inclinado sobre la mesa en la oficina de Boris, levanto la vista y la veo mojada y con el pelo alborotado.

–¡Ya estoy aquí! –exclama radiante.

Me pongo en pie levantado por su entusiasmo.

–Me alegro mucho de verte, Osias, ¡muchísimo!

Lo dice mientras rodea la mesa con decisión para llegar a mí. Ya no soy «doctor Korman» porque sus cartas han dinamitado el protocolo y las distancias, pero me pillan por sorpresa sus dos besos, sus mejillas que arden y resplandecen, y, sobre todo, su prolongado abrazo.

Ya ves, Daniel, que este 11 de noviembre no ha sido un viernes como cualquier otro. Me ilusiona pensar que pueda tener consecuencias importantes para el resto de mi vida.

Si la enfermedad se había llevado a Etty de Westerbork, una pequeña mejoría nos la devuelve tres meses más tarde. Noto que ha cambiado. Su voz se ha vuelto más grave y sugerente. Aquellos ojos inquietos y alegres en agosto muestran ahora una mirada dolorida, cargada de reflexión y humanidad. La muchacha se ha convertido en mujer.

–Te encuentro mucho mejor de lo que esperaba, Osias. Cenamos esta noche, ¿verdad? Me muero de ganas de veros a todos en el Palace.

–El Palace ya no existe, Etty. Ahora todo es diferente.

–¡No puede ser! ¿Y dónde dormís los jefes?

–Cada uno en su barracón. Tenemos que poner orden, pues el desbarajuste es grande. Ya no duermen tres presos en cada litera de tres pisos: duermen nueve.

–Entonces, ¿qué ha sido de vuestra casa?

–Ven y verás.

Caía una lluvia rota por el viento. Los aguaceros nos han castigado sin tregua desde hace más de un mes y han convertido el suelo pedregoso del verano en un lodazal. Necesitamos urgentemente aceras y suelos de tabla, pero la madera escasea. Le cuento a Etty que, en las literas inferiores de mi barracón, algunas noches hay que dormir con un brazo fuera de la cama para que el agua no nos moje si sube más de la cuenta. Ella me escucha y acierta con su observación.

–Veo que también os está sumergiendo la tristeza, Osias.

Ofrezco a la muchacha el pobre remedio de un desarbolado paraguas. Mientras atravesamos el campo, puede apreciar la frenética actividad que echa abajo pequeñas casas y levanta barracones a ambos lados del canal. Castigados por un frío inusual, bultos negros se mueven dando tumbos y apenas se recortan contra el fondo de la noche. Una hora más tarde, esa gente encorvada bajo la lluvia, que traslada tablones y se cubre con sacos de arpillera, se sentará en sus literas para tomar su cuenco de sopa aguada. Después, sin lavarse ni cambiarse, en cada somier metálico, sin colchón ni almohada y bajo una sucia manta, intentarán dormir tres cuerpos extenuados, tres almas humilladas.

–¿Estamos desbordados, Osias?

–Y desesperados.

–¿Conseguís comida para tanta gente?

–En absoluto. Ahora toca pasar hambre.

–¿Y el hospital?

–Si no controlamos las infecciones, pronto necesitaremos mil camas. De momento, solo hemos añadido a lo que tú conoces un barracón para enfermos graves, otro ginecológico, dos odontológicos, cuatro puestos antipiojos y un centro para la observación de enfermos psíquicos.

Llegamos al final de la calle. Supuse que a Etty se le escaparía una exclamación de júbilo al superar la barraca de enfermería, y no me equivoqué.

–¡El Palace!

–Ahí lo tienes. No ha desaparecido, pero lo hemos destinado a otro uso. ¿Entramos?

Doce miradas infantiles se clavaron en nosotros cuando abrimos la puerta. En aquellos ojos brilló por un momento el miedo, antes de que Etty pudiera exclamar, con la **107** boca bien abierta y las manos en las mejillas:

–¡Magda, qué sorpresa!

Nos apresuramos a entrar y cerramos la puerta. Ante nosotros, niños y niñas de edades diferentes, sentados en torno a la mesa de la cocina. Supuse que tendrían entre cuatro y ocho años. En sus vasos de peltre habían bebido puré, como fácilmente se adivinaba al ver sus labios. Tenían las mejillas encendidas y en el ambiente, caldeado por la cocina de leña, flotaba un olorcillo que cualquier hambriento calificaría de divino.

Etty abrazó a Magda.

–Veo que estos niños están en buenas manos –comentó con un guiño.

Sobre el fogón se tostaban unos champiñones vigilados por una mujer tan alta como yo, que en ese momento se volvía hacia nosotros. Etty pudo apreciar, en su semblante apacible, que ya había cumplido medio siglo. Nos observó por encima de sus lentes y sus labios dibujaron una amplia sonrisa.

–Soy Edwing Mahler. Estábamos esperando tu regreso, Etty.

–Encantada, señora Mahler.

Al salir del Palace, de camino hacia nuestros barracones, Etty me preguntó por los trenes a los campos «con chimeneas». Era su forma elegante de no mencionar las cámaras de gas y los hornos crematorios. Le resumí lo más significativo. Que Westerbork se había vuelto ingobernable en octubre, hasta provocar la destitución fulminante de Dischner, nuestro obtuso comandante. A Dischner lo sustituyó Albert Gemmeker, que llegó con maneras elegantes y fama de caballero, dispuesto a escuchar de inmediato al representante de los jefes. Jerzy le expuso entonces las vicisitudes de los barracones masculinos. A Gemmeker le interesaba el control de un campo desbordado por el número de prisioneros, con la consiguiente falta de comida y espacio. Y deseaba lograrlo de forma pacífica.

—¿Puede usted controlar la situación, señor Wajda?

—No es fácil, mi comandante —respondió Jerzy.

—Pídame lo que necesite.

Jerzy se agarró a ese ofrecimiento para lograr algo que nos parecía imposible: que las listas de deportados a los campos de exterminio incluyeran solo a los capturados en las últimas redadas, no a los antiguos refugiados de Westerbork.

—Si se hace así —explicó tu tío—, los propios veteranos se encargarán de que el campo sea gobernable.

Gemmeker aprobó de inmediato esa política, y ello nos está permitiendo salvar la vida de los pioneros. Pero la habilidad negociadora de nuestro representante no acabó ahí. Una semana más tarde, con el campo bien gestionado y pacificado, solicitó una nueva entrevista con Gemmeker, que fue atendida sin demora.

—No quisiera abusar de su generosidad, *Herr Kommandant.*

—No se preocupe y hable con franqueza, señor Wajda. Le escucho.

—Verá. Como usted sabe, me encargo del plan de estudios de niños y jóvenes...

—Y me han dicho que ha conseguido un nivel admirable —apostilló Gemmeker.

—No tanto, señor. Tenemos grandes lagunas, y la que más me preocupa es la falta de educación física y deportiva, pues solo puede haber *mens sana in corpore sano.*

–Tiene usted razón, señor Wajda. ¿Ha pensado en alguna solución?

–He pensado en algo muy sencillo: aprovechar el canal para practicar piragüismo.

–¿Le parece a usted sencillo conseguir piraguas, señor Wajda?

–Si me lo permite, Comandante, nosotros mismos podemos fabricarlas. Yo lo hacía en Polonia, y creo que aquí será más fácil.

–Explíquese, señor Wajda –pidió Gemmeker con interés.

–En los bosques que rodean el campo hay cedros blancos, de madera ligera e impermeable. De un buen tronco pueden salir dos o tres piraguas. Vaciarlo no es difícil: basta con tener azuelas y un poco de práctica. Tampoco es complicado igualar el exterior y asegurar el equilibrio.

–¿Accedió Gemmeker? –me interrumpió Etty.

–Accedió con una mezcla de incredulidad y admiración.

–¿Y Jerzy fabricó las canoas?

–Jerzy y Boris pusieron a trabajar a los chicos mayores hasta terminar diez piraguas, con sus correspondientes palas.

–Me gustaría verlas.

–Mañana podrás ver el club náutico.

Tarta de arándanos

Lo que no está en manos de Gemmeker son las provisiones. Donde comen tres comen cuatro, pero no cuarenta, y esa es la desproporción que nos aflige. Tal vez no haya tormento como el hambre, aunque el único de nosotros que ha visto de cerca a ese jinete del Apocalipsis es Boris, y no en Westerbork. Quizá para quitar importancia a nuestra situación, pues todavía podemos comer un mendrugo y dos platos de sopa al día, nos contó la pavorosa hambruna que Stalin provocó en Ucrania y Bielorrusia. Habló de ella anoche, durante la cena de bienvenida que ofrecimos a Etty en lo que ya no es el Palace, sino el orfanato de la señora Mahler.

La tarde era lluviosa y fría, como un temprano mensaje del invierno.

–Qué tiempo más asqueroso, ¿verdad? –comentó Otto cuando llegaron Etty y Jopie.

–A mí me recuerda a mi abuela rusa –repuso Etty mientras cerraba el paraguas y lanzaba hacia atrás su alborotada melena.

Poco más tarde, sentados a la mesa, Leo reconoció que estaba intrigado por la relación del mal tiempo con la buena señora.

–Cuando enviudó –respondió Etty complaciente–, dejó Smolensk y se vino a vivir con nosotros a Deventer. Yo tenía siete años y ella casi setenta. Era pequeña y vivaz, con un hermoso pelo blanco. Trajinaba sin descanso por la casa y el jardín. Parece que la estoy viendo con unas zapatillas de tenis que le compramos, su larga falda negra y un viejo chal azul, como sus ojos. En mi cama pequeña, junto a la suya, un día como hoy, a mediados de noviembre, me despertaban sus palabras alborozadas.

»–¡Arriba, Etty, nos esperan los arándanos!

»–¿Cómo lo sabes, abuela?

»–No necesito levantarme para darme cuenta. ¿No oyes la furia del viento en la arboleda?

»Después me descubría otras señales. El sonido de las campanas era demasiado frío y ningún pájaro cantaba ya en el parque. Todos los años se repetía esa escena. Llegaba cierta mañana de noviembre y mi abuela se lanzaba de lleno a su regocijo navideño.

»–Prepara el coche y vámonos al bosque, hija.

»El coche era mi propio cochecito de bebé, heredado de mis dos hermanos. En lugar de tirarlo, desvencijado como estaba y con su mimbre destrenzado, lo usábamos como carretilla doméstica. Mi abuela me ayudaba a vestirme, tomábamos nuestro tazón de leche con pan y mantequilla, salíamos por la trasera y llegábamos al bosquecillo de álamos, después de cruzar un pontón de madera. La obligación de asistir a la escuela era sagrada en casa, incluso con un poco de fiebre. Pero la mañana de los arándanos estaba por encima, al mismo nivel que el Día de la Independencia, y mi madre concedía a mi abuela esa excepción.

»Los oscuros arándanos, maduros y fragantes, nos esperaban en los matorrales con su polvillo azulado y brillante. Solo cogíamos los que notábamos secos y firmes al tacto. Después, dejábamos en casa nuestra preciosa carga y buscábamos el monedero donde la abuela acumulaba sus exiguos florines para la ocasión. Educada en el estalinismo, apenas sacaba su escondido monedero para hacer un nuevo depósito o para darme mis diez centavos cada sábado. Yo salía corriendo con mi moneda y compraba un cuento de Andersen o Grimm, que luego ofrecía a mi benefactora.

»–Prefiero que me lo leas o me lo resumas tú, Etty. Así puedo imaginármelo mejor.

»–De acuerdo, abuela.

»–Además, hija, no debo malgastar la vista. Cuando se presente el Señor, quiero verlo bien.

»Me llamaba *hija* antes de alguna confidencia importante. Bien. El caso es que, con el monedero, nos encaminábamos al mercado. Allí, disfrutando en medio del bullicio, yo hacía de traductora y comprábamos cidra y jengibre, pasas y nueces, mantequilla, montones de harina y muchísimos huevos. Solo nos faltaba un poni para tirar del carricoche hasta casa, pero siempre aparecía algún antiguo alumno de mi padre que se ofrecía gentilmente.

»De todos los ingredientes de la tarta de arándanos no hay ninguno tan caro como el vodka, pero ese nos lo regalaba mamá, aunque más propio sería decir que la botella la convertía en accionista. En la cocina, preparábamos el carbón y la leña, batíamos los huevos con mantequilla, elaborábamos la masa... Al cabo de tres días habíamos terminado nuestra tarea. Treinta y tres tartas exquisitas se tostaban al sol en la galería. ¿Para quién eran? Mis padres tenían muchos amigos en Deventer, y tanto judíos como cristianos celebraban por todo lo alto la Navidad.

La hambruna de Ucrania

Después de presentarnos a su abuela, Etty puso sobre la mesa, ante nuestros intrigados ojos, un pequeño envoltorio de cartón. Dimos por hecho que al abrirlo aparecería una tarta de arándanos con vodka. Nos equivocamos. Nuestros ojos pasaron de la intriga al asombro cuando vimos dos botellas de jerez andaluz. Tenías que ver a Leo silbando de admiración y afirmando que, por este vino, el comandante Gemmeker perdonaría la vida a todo un tren de deportados.

–¿De dónde las has sacado? –preguntó Boris, con cara de estar contemplando el robo del siglo.

–Me las ha regalado un alumno a quien enseño holandés –respondió Etty sin dar importancia al hecho, como si fuera normal tener alumnos con vinos exquisitos.

–¿Y de dónde las ha sacado él?

–De su bodega. Mi alumno es Gómez Haces.

–¿Gómez Haces?

–Sí, el embajador español.

–¡Ah! –asintió con respeto la cabeza de Boris.

Satisfecha la curiosidad de los jefes, Max abrió la última lata de salmón que probaríamos en Westerbork y el último tarro de auténtica mayonesa. La señora Mahler, por su parte, tenía una fiambrera de *muesli* y un bote de té puro. En los brindis, Etty encontró las palabras exactas. Dijo que todo sabía tan bien que cualquier persona habría creído en Dios aunque no fuera creyente. Tenía razón. Y supongo que todos pensábamos lo mismo, con la seguridad de que unas horas más tarde el hambre volvería a roer nuestros estómagos sin piedad.

–¿Es cierto que Stalin mató de hambre a millones de ucranianos y bielorrusos?

A la pregunta de Jerzy podía haber respondido Boris con una lacónica afirmación, sin ganas de hurgar en la herida de los recuerdos. En cambio, su larga respuesta fue brotando de sus labios como un piadoso recuerdo de los muertos, casi como una oración por ellos.

–Poneos en 1929 –comenzó–. Yo era un joven profesor de la universidad de Minsk, pero sabía muchas cosas. Mi mujer trabajaba en el Departamento de Agricultura, y mis padres eran kulaks, dueños de dos hectáreas donde sembraban cereal. Sabía, por ejemplo, que el Partido estaba decidido a acabar con los pequeños propietarios rurales, pues el dogma comunista mandaba abolir toda propiedad y colectivizar el campo.

»Sabía que Stalin, para dar una apariencia de legalidad, determinó la cantidad de productos agrícolas que cada pueblo debía entregar al Estado. Se trataba de cantidades infladas, que superaban con creces las posibilidades reales de nuestras tierras. Nadie consiguió esas metas, claro, y eso proporcionó al dictador la coartada para deskulakizar el país. Comenzaron arrestando y fusilando a muchos hombres. Después encarcelaron a familias enteras, al tiempo que una campaña implacable de adoctrinamiento repetía que los kulaks eran parásitos que robaban el grano y escondían las cosechas.

»En las ciudades, la gente empezó a pensar que todas las desgracias procedían de los kulaks y que, eliminándolos de un plumazo, llegarían tiempos felices para todos. A los judíos nos suena este discurso, ¿verdad? El caso es que no hubo piedad para los pequeños propietarios rurales. Lo más repugnante era, tal vez, la maldad de los propios vecinos, que saldaban cuentas y hacían sus negocios con la sangre de sus paisanos. Una simple denuncia, escrita y anónima, afirmando que tenías dos aparceros y tres vacas, te convertía en kulak.

»Acabamos pensando (decía Boris con los ojos entrecerrados) que no eran seres humanos, lo mismo que los nazis piensan de nosotros. En mi pueblo se les obligó a marcharse a pie, con lo que pudieran llevar encima, nada más. Yo los acompañé durante días, al lado de mis padres. Daba pena verlos. Emprendieron el éxodo en fila, dándose la vuelta para echar un último vistazo a sus isbas, sintiendo todavía en el cuerpo el calor de las estufas. Había tanto fango que les arrancaba las botas de los pies.

»En la estación de ferrocarril más cercana encontramos un tráfico inusual. Trenes y trenes cargados de campesinos procedentes de todos los rincones de Rusia, hacinados en vagones de ganado. Muchos morían durante el viaje. El destino era la taiga, una inmensidad helada donde descargaban a la gente. Para no morir congelados, los más fuertes se ponían inmediatamente a talar árboles, hacían rodar los troncos y construían chozas y barracas. Mis padres tuvieron la suerte de levantar una isba con dos habitaciones pequeñas: una para ellos y otra para mi hermano Vladimir, su mujer y sus niños. Cuando los dejé instalados, regresé a Minsk. Stalin llamó *reasentamiento* a este éxodo de millones de familias, pero esa palabra escondía la realidad de una masiva e inhumana deportación forzosa.

–¿Y esa fue la famosa hambruna? –preguntó Etty.

–Solo el comienzo –respondió Boris.

»La hambruna llegó cuando en el campo se inició una nueva vida sin los kulaks. Pensábamos que no había destino peor que el de los campesinos expropiados y deportados, pero nos equivocamos. De entrada, todo el mundo tuvo que integrarse a la fuerza en los koljós, explotaciones colectivas que hicieron soñar a Stalin con "el vértigo del éxito". A mi mujer la enviaron a Ucrania para reforzar un koljós. Le explicaron que allí el apego a la propiedad privada era más fuerte que en Bielorrusia.

»¿Qué pensáis que encontró al llegar? Además de las cuotas de producción desorbitadas fijadas por Moscú, la superficie cultivada y el rendimiento habían disminuido considerablemente sin los kulaks. ¿Cómo creéis que interpretó Stalin ese enorme fracaso? Lo atribuyó al espíritu de los kulaks, que permanecía en los ucranianos y les inducía a esconder y robar el grano de los koljós. Entonces, el dictador firmó el asesinato en masa de la población rural.

»Sí, se dio la orden de requisar hasta la última semilla de cereal, como si en lugar de grano se tratase de pepitas de oro. El ejército registró los sótanos, levantó los suelos con las bayonetas, revolvió los huertos... Todo lo que encontraban se lo llevaban en carros que chirriaban día y noche. Así comenzó la larga agonía de todos los campesinos de Ucrania y Bielorrusia.

»Tú eres profesor de historia, Jerzy, y sabes que jamás se había dado una orden semejante, en Rusia o fuera de Rusia.

–Que yo sepa –responde tu tío–, ni el zar ni los tártaros se atrevieron a tanto.

–Por mucho que lo pienso, sigo sin comprender cómo pudo suceder aquel horror. Cuando se acabaron las patatas y el mijo, la gente se comió las gallinas y el ganado, hasta que no quedó ni una gota de leche y fue imposible encontrar un solo huevo. Luego se comieron a los perros y los gatos que se dejaron atrapar, aunque solo tuvieran pellejo y tendones. Por último, les tocó el turno a las ratas y los ratones.

»Después llegó el terror. Las madres miraban a sus hijos y comenzaban a gemir y a gritar. En las cabañas, los niños pedían pan y lloraban de la mañana a la noche. De los miembros del Partido solo obtuvieron una respuesta desalmada: "Buscad en vuestras casas, donde habéis enterrado grano para tres años". El colmo fue que no llovió aquel verano. Una oxidada sequía lo envolvía todo, y cualquier carro levantaba una polvareda que se mantenía en el aire durante una hora.

»Aquello, sin embargo, no era todavía verdadera hambre. Lo peor llegó en invierno, cuando hubo que buscar bellotas bajo la nieve. Las barrigas se hinchaban de comer salvado y mondas de patatas. Los niños, sin fuerzas para caminar, dejaron de acudir a la escuela. Su piel era una gasa amarilla que permitía ver cómo se movían todos sus huesecitos. Sus caras avejentadas no reflejaban siete, sino setenta años de sufrimiento. Hasta que dejaron de tener cara, pues ya no parecían humanos.

»–¿Queréis que siga? –preguntó Boris.

Etty, con la espalda apoyada en la pared, había cerrado los ojos. En sus mejillas brillaban las lágrimas.

–Podemos cambiar de tema –sugirió Jopie.

–No, por favor. Sigue hasta el final –pidió la muchacha, sin abrir los ojos–. Necesito conocer toda la verdad.

–En dos ocasiones –prosiguió Boris–, viajé hasta el pueblo donde estaba mi mujer. Con frecuencia me pregunto si el camarada Stalin vio alguna vez el rostro de uno de esos niños. El Estado se sostenía con el trigo de los campesinos, pero Stalin no dio ni un gramo a los que se morían de hambre. Los más viejos recordaban la hambruna padecida en los tiempos del zar Nicolás. Entonces se ayudaban unos a otros, se concedían préstamos, se pedía limosna en las ciudades en nombre de Cristo, se organizaban comedores públicos, los estudiantes hacían colectas. Ahora, bajo el Estado proletario, el ejército bloqueaba las carreteras y no dejaba entrar en las ciudades a los hambrientos del campo. No hay quien lo entienda. Éramos rusos contra rusos... ¿Por qué ese abismo de maldad?

»Mi mujer y yo éramos comunistas, como tantos jóvenes universitarios, pero la venda de nuestros prejuicios y toda nuestra pirotecnia ideológica no pudieron resistir el peso de la evidencia. Cuando Mashenka regresó a casa, había envejecido prematuramente. Por las noches se despertaba a cualquier hora y me contaba lo que yo no vi. Necesitaba hablar.

»–Entré en una isba, Boris. Algunos respiraban a duras penas, otros ya no. Todos tumbados sobre las camas. Menos la hija mayor, tirada en el suelo royendo las patas de un taburete. Cuando quise acercarme a ella, no me habló: gruñó como un perro que defiende su hueso.

»Hubo quienes enloquecieron hasta matar a sus propios hijos. Después los troceaban, los hervían y se los comían. ¿Cómo se puede llevar a una madre hasta ese extremo, Boris? La muerte se abatió sobre los campos de Ucrania y Bielorrusia. Al principio enterraban a los muertos. Después ya no se pudo. Había cadáveres por todas partes: en las calles, en los patios, en las casas. Y reinó el más terrible de los silencios. Todo el pueblo murió. Todo el pueblo.

Boris dejó de hablar y reinó un espeso silencio, como un humilde homenaje de los presentes a esas pobres víctimas.

Escenas de invierno

La campiña de Drente descansa, entregada a un sueño merecido tras el laborioso otoño, reponiendo fuerzas para vivir de nuevo la pasión de la primavera. Casi todos los pájaros se han ido. El hervidero de vida que bullía en los campos y en nuestro canal ha desaparecido. La tierra y el cielo tienen ahora el mismo color plomizo, y también son grises los caminos y las carreteras, los setos, los árboles y los rastrojos. La tierra helada te hace pensar que vives en un país de hierro, y la melancolía te oprime el espíritu.

La primera nevada de este invierno llega de improviso, mucho antes de lo habitual, y hace más insoportable nuestra precariedad. La combinación de frío y hambre resulta doblemente amarga, a pesar de alguna escena cómica...

–No te lo vas a creer, Osias: hace tanto frío que los pájaros se congelan y mueren en pleno vuelo.

–Eso no pasa ni en Siberia, Etty.

–Pues acabo de ver a un cuervo caer en picado entre la ropa tendida de mi barraca. ¡Menudo susto! No sé por qué te ríes.

–¿Te has acercado a examinarlo?

–¡Ni en broma! Me da miedo y asco.

–Pues acércate y entenderás lo que ha pasado.

¿Crees, Daniel, que pueden los cuervos congelarse en pleno vuelo y caer al suelo a plomo? Eso piensan algunos niños en Westerbork. Ellos también han visto su vertiginosa caída, igual que Etty. No imaginan hasta qué punto el hambre aguza el ingenio de los prisioneros. No saben que, en realidad, esos cuervos han picoteado un grano de maíz en el fondo de un cucurucho de cartón clavado en la nieve. Pero el cucurucho, impregnado de liga, se queda pegado a la cabeza del pájaro y lo ciega. Aterrorizado por esa noche repentina, el cuervo emprende el vuelo y se eleva enloquecido en cortas espirales. Al final, extenuado, se desploma y muere contra el suelo. Entonces se recoge para desplumarlo y hervirlo en la cazuela. Es una cacería insólita, pues nunca se ha comido carne de aves que se alimentan de la carroña. Pero la guerra trae el hambre y el hambre hace que lleguemos a esos extremos.

–Esta noche he despedido en el andén al matrimonio Hensch –me dice Etty con tristeza.

–Creía que no estaban en las listas –respondo.

–No estaban, pero se han presentado voluntarios…

Hay un profundo abatimiento en la expresión de la muchacha. Ahora ya conoce los trenes que vienen a recoger su cargamento humano con regularidad matemática. Sabe que los cupos no admiten rebaja, que es inútil intentar retener a alguien con el argumento de que es indispensable en el campo o que está demasiado enfermo. Pero también ha visto partir a prisioneros que han subido voluntariamente a un convoy, y eso siempre resulta deprimente.

–¿Crees que han hecho mal? –pregunto.

–No estoy segura. Comprendo que hayan querido librarse del miedo opresivo que reina en el campo, donde tantos hombres y mujeres, niños y ancianos, discapacitados y enfermos, alimentan su desesperación día tras día.

Una tarde templada y apacible, mientras masticábamos nuestra lombarda en lo alto de la ladera, Jerzy lamentó que toda Europa se está convirtiendo gradualmente en un gigantesco campo de concentración.

–Habría que escribir la crónica de este infierno –comentó Etty–. No podemos permitir que las generaciones futuras desconozcan esta tragedia.

–Pero tendría que hacerlo un excelente escritor –apostilló Boris.

Sin decir nada, pensé en Etty. Nadie como ella consigue trascender los hechos de sobra conocidos: familias dispersadas, bienes saqueados, libertades perdidas, alambradas, barracones, potajes de patata... Nadie como ella es capaz de describir con esta admirable sencillez, precisión y profundidad: «Todo está enlodado, tanto que se impone aferrarse a un sol interior, que debe anidar en algún rincón de nuestro pecho, si queremos evitar la enfermedad psicológica».

A veces, encontrar ese sol es muy difícil. Cualquier psiquiatra sabe, Daniel, que muchas enfermedades orgánicas tienen una causa anímica. Así, el miedo o la ansiedad pueden producir úlceras estomacales, pérdida de cabello, insomnio, infartos... Esa patología híbrida refleja la composición psicosomática de nuestra propia naturaleza humana: somos cuerpo y espíritu. Las dolencias de Etty son de ese tipo. Las deportaciones masivas se han convertido en un calvario insoportable para ella.

Una noche de nieve y ventisca esperábamos un convoy enorme. Llegó resoplando en la oscuridad, como un monstruo que arroja vapor luminoso por su nariz. Se detuvo en el andén. Tenía prevista una parada de cincuenta minutos. Pronto advertimos que los vagones estaban abarrotados de gente apenas vestida, que había subido al tren con lo puesto en el momento de la redada: pijama, zapatillas de noche, ropa interior... Etty, con un brazalete de la Cruz Roja, saltándose el protocolo militar, habló brevemente con el capitán al mando de la escolta. Acto seguido, todo Westerbork pasó del horror al heroísmo y se despojó incluso de la camisa.

Cuando Magda llegó con calcetines, bufandas y dos mantas, un hombre joven se asomó por el ventanuco alto y suplicó agua y comida, porque llevaban muchas horas encerrados. Magda regresó poco después con una canasta llena de alimentos. En el andén reinaba una gran agitación. El hombre tomó la canasta y pidió a Magda que esperase.

–Puedes quedártela –respondió ella.

–No –repuso él–. Acércate, tómala con cuidado y disimula.

Magda hizo lo que le pedía y desapareció con paso vivo. En la cesta dormía arrebujado un bebé de pocos meses.

Otra noche, tras acostar a los niños, la señora Mahler metió los geranios en la cocina por miedo a que se helaran.

Después nos preguntó si podía apagar la luz y se quedó pensativa junto a la ventana, contemplando los remolinos de nieve. Recuerdo bien sus palabras:

–Y, sin embargo –dijo con aire ensimismado–, bajo la tierra helada, junto a las raíces de los árboles, el secreto de la vida sigue a salvo, cálido como la sangre en el corazón. Y la primavera volverá, ¡claro que volverá!

Prisioneros católicos

En Westerbork, Daniel, junto a la miseria material hay también miseria moral, y en grandes cantidades, porque en el corazón humano anidan los instintos más deshumanizados. Pero por nuestras venas corre también una innegable savia de nobleza que hace brotar frutos hermosos, a veces como flores en un estercolero. Mi intención al escribir este diario –seguro que ya te has dado cuenta– es resaltar los aspectos luminosos de la gente. Supongo que no podría ser psiquiatra sin apostar sinceramente por el crecimiento de las personas y la mejora del mundo. Boris suele recordarnos una enigmática frase de Dostoievski: «Si yo fuera bueno, el mundo sería bueno». ¿No te parece una forma estupenda de ver las cosas?

Etty nunca olvidó la tarde que llegó un tren con un grupo de monjas y frailes luciendo la estrella amarilla sobre sus hábitos. Le llamaron la atención dos jóvenes gemelos, de mirada serena bajo la capucha.

—¿Cómo es que estáis aquí?

—Nos han apresado durante la misa matutina, a las cuatro y media de la madrugada. El viaje ha sido incómodo, pero en Amersfoort nos han dado lombarda para comer.

Después reparó en otro sacerdote muy joven. No había salido del monasterio desde hacía quince años y observaba con calma lo que sucedía alrededor. Estábamos en la barraca de desinfección, donde había un grupo de mujeres con el cráneo afeitado. Se cubrían con un paño blanco, avergonzadas y afligidas.

El sacerdote también observó que algunos niños se dormían sobre el polvoriento suelo de madera o jugaban a la guerra entre los adultos, y que dos criaturas revoloteaban en torno al cuerpo robusto de una mujer agotada. No entendían que su madre, seminconsciente en un rincón, no pudiera atenderles. Por los cristales de las pequeñas ventanas pudo ver barracones, alambradas y un brezal árido. Etty necesitaba interpelar a ese joven con sotana, así que se acercó por detrás hasta ponerse a su lado.

—Y ahora, ¿qué tiene usted que decir al mundo?

La mirada del sacerdote se elevó entonces, inquebrantable y cordial, como si todo lo que veía a su alrededor le resultara conocido y familiar desde hacía mucho tiempo. Aquella misma noche vio Etty a algunos religiosos caminando lentamente entre los barracones. Rezaban el rosario como si recitaran sus plegarias en los claustros de sus monasterios. Esa escena le causó una viva impresión y comprendió que a Dios se le puede rezar en una catedral y entre barracas rodeadas de alambradas.

Agotamiento

Etty ha vuelto a dejarnos, Daniel. El motivo de su marcha se ha repetido: un agotamiento que, por fortuna, no le impide escribir. Con buena, mala o pésima salud, las cartas a sus amigos son para ella sagradas. Y también su diario, porque siente la obligación moral, igual que tantos judíos, de contarle al mundo lo que estamos viviendo.

En Ámsterdam, Etty se aloja, desde que empezó sus estudios universitarios, en la casa de huéspedes de Han Wegerif, donde los inquilinos forman casi una familia. Durante esta segunda estancia en el campo, a poco de llegar me dijo que estaba relatando a Han el estado de Westerbork. Entonces le pedí que me leyera algún párrafo. Ella, con generosidad, me dejó las dos hojas que había escrito.

–¿Puedo copiar unas líneas, Etty? Me interesa mucho lo que dice, y también la forma de expresarlo.

Asintió, complacida. Dos días más tarde ella misma me ofreció su segunda carta a Wegerif. Charlábamos de nuevo en casa de los Mahler, donde yo seguía siendo «doctor Korman» para Etty. Después de leerla, tuve que repetir mi petición.

–¿Puedo copiar algunos párrafos? No los leerá nadie, salvo mi hijo, dentro de unos años.

–Puede copiar lo que desee, doctor, aunque no me importaría contárselo a Daniel yo misma.

Solo Magda Hollander, que atizaba el fogón de espaldas a nosotros, oyó esas palabras. Al comprenderlas, se volvió hacia Etty con una sonrisa de complicidad. Algún día, Daniel, la experiencia te dirá que el camino del amor conviene recorrerlo de puntillas, y eso significa, entre otras cosas, que el arte de interesar o seducir tiene mucho de insinuación.

Te copio ahora algunos párrafos de ambas cartas. El 25 de noviembre escribe:

Aquí se vive intensamente y se tiene el corazón lleno de sentimientos contradictorios. Todo mi día es un peregrinaje entre los barracones y el lodo.

Solo llevo cuatro días y me parece que son semanas. Empiezo a pensar que no valgo para esto. Me siento muy afligida y vuelvo a vivir a fuerza de sedantes. Me temo que, cuando menos lo esperéis, estaré de nuevo entre vosotros.

La carta del día 27 es muy larga:

Son las ocho y media de la tarde y me encuentro entre los Mahler, en su pequeño y acogedor cuarto, un verdadero oasis. Junto a mí está Jopie sumergido en la lectura de un libro. Los Mahler y dos amigos juegan una partida de cartas. El pequeño Eichwald juega en el suelo con Humpie, el perro. El hornillo de la tía Lee sigue donde siempre, tan hogareño. Acaba de entrar Witmondt, un viejito que llegó esquelético de Amersfoort, y que fue sacado a flote con gran mimo por los Mahler. Entra también un muchacho que partirá en el convoy de mañana.

Estoy arrebujada en un rincón y me limito a escribir a rachas. Si me cuesta no es por falta de tiempo, es por exceso de impresiones. Solo con lo vivido esta semana podría escribir un año entero. Todo aquí está lleno de contradicciones. En las casitas, por ejemplo, hay calefacción central y apenas se duerme por el calor. En los grandes barracones, en cambio, el frío es mortal y muchos yacen sin abrigo, sobre somieres de metal, desprovistos de colchón. Por las noches los ratones roen las camas y las provisiones.

¿Qué hago aquí realmente? Trajino entre la gente con mis desportillados tazones de café. A veces huyo, más que nada por pura impotencia. Como el otro día, cuando una señora sufrió un síncope y no había ni una gota de agua en todo el campamento porque la red estaba cortada.

La mañana siguiente a mi llegada vi cómo bajaban de un camión destartalado a un montón de ancianos. Nos dijeron que se los llevaban como mano de obra a Alemania en el próximo convoy. Y nosotros nos quedamos allí sin pronunciar palabra, sin rebelarnos ante ese despropósito. Me quedé con ellos el resto del día y toda la noche.

Una vieja señora había olvidado sus gafas y sus medicinas en casa, encima de la chimenea. ¿Cómo recuperarlas? También me pregunta dónde se encuentra exactamente y hacia dónde los llevan. Una anciana de ochenta y siete años se aferra a mi mano y me relata lo reluciente que está su casa. Un señor que lleva cincuenta y dos años casado me cuenta que su mujer ha quedado ingresada en el hospital de Utrecht, mientras él será enviado muy lejos de Holanda al día siguiente...

Podría seguir llenando páginas y páginas, Han, y aun así no te harías siquiera una mínima idea de aquella masa humana arrastrándose en el barro, trastabillando, cayendo de rodillas, completamente desvalida. Las palabras no sirven de nada ante estas cosas que pesan desmesuradamente. Los ancianos son un capítulo aparte en la historia de la abyección nazi. Sus gestos de desamparo pueblan aún muchas de mis noches de insomnio.

He iniciado una campaña para que la biblioteca pueda resurgir a la luz del día. Ahora está en los sótanos de un almacén clausurado. Necesitamos libros, pero esa necesidad choca de lleno con la falta de espacio. El martes conversaré sobre este asunto con Paul Cronheim y con el notario Spier.

Vivir en este lugar no es precisamente atractivo. Todo es desarraigo, deterioro y barro. Esta tarde, de varias barracas me llevo grabada la impresión de algunos niños que agonizan ante mis ojos. Sin embargo, estoy contenta de estar aquí. Westerbork me ha engullido por completo. Necesitaría buena parte de la vida para asimilar todo esto.

Nuevas cartas desde Ámsterdam

Etty se ha ido y, con ella, una buena dosis de alegría y esperanza. Por suerte, en Ámsterdam sigue entregada a su pasión más intensa.

22 de diciembre de 1942
    Mi querido Osias:
    Casi no me atrevo a mirarte a los ojos. ¡Qué infidelidad! ¿Cómo podría repararla? Si hubieras recibido una mínima parte de todos los pensamientos que te dedico, entonces podrías sentirte compensado. El problema es que me he sentido fatal, incluso un poco abatida, cuando el médico me ha dicho que lo primero era guardar cama durante un mes. Por eso te he tenido tres semanas sin una sola línea. Pero tú ya me has perdonado, ¿verdad? ¡Dime que sí, por favor!
    Lástima que no hayas estado presente en aquel diálogo que mantuve contigo sobre materialismo y

realidad, y cosas así. A menudo imagino esas conversaciones durante la noche, cuando no puedo dormir.

Son las dos y media de la madrugada. Intento dormir en compañía de un cálculo biliar. Si la piedra no se decide a disolverse, deberá presentarse en el hospital, y yo con ella. ¡Soy tan contradictoria! Cualquier judío en Ámsterdam daría lo que fuera por permanecer ingresado y evitar así ir a Westerbork o a otros destinos más lejanos. Y yo, que me iría a Westerbork encantada, tendré que ingresar en el hospital. La realidad se rige por leyes inescrutables.

Estoy contenta de haber pasado esos catorce días en Westerbork y de saber, entre otras cosas, cómo te va la vida. Querido Osias, prometo que desde ahora no interpondré esos largos silencios.

Sábado, 16 de enero de 1943

¿Sabes, Osias, que tengo muchos amigos en Ámsterdam? Compañeros de universidad y del grupo de Spier. Hablo con ellos y me complace ayudar a quienes lo necesitan. Contigo es distinto: tú estás en mi vida, mi existencia entera es inconcebible sin ti. Con frecuencia imagino diálogos contigo, así que no te entristezcas si pasas un tiempo sin mis cartas. Las experiencias tan hermosas que hemos vivido forman parte inexorable de mi vida afectiva.

Jueves, 21 de enero de 1943

Sería fantástico, Osias, que me pudieras visitar. Vivo muy cerca del Palacio de la Música. He oído que a los judíos que vienen de vacaciones se les permite viajar en tranvía, así que toma nota: la línea 16 te deja cerca de mi puerta, y la 3 en la esquina.

Osias, de verdad que sería hermoso que vinieras. Si me avisas con una tarjetita, me aseguraré de que no coincidas con otros amigos y podré cancelar mis clases. Mi número de teléfono es el 23830. En la puerta de la casa verás el nombre «Wegerif». En fin, que no puedes equivocarte.

Ya ves que esto no es una carta, sino unas líneas para hacerte saber lo que me agradaría que vinieras. Otro día te escribiré con asuntos diferentes.

Y ahora inclínate, aproxímate a mi lecho con tu gesto amistoso.

Miércoles, 24 de marzo de 1943

Buenos días, Osias.

¿Qué tal estás? ¿Tienes mucho trabajo? ¿Estás de buen humor? Tengo un médico que se pone furioso cuando lo recibo con una sonrisa. Dice que en estos tiempos es imperdonable reírse. Espero que no tenga razón. ¿Qué opinas tú?

En este momento hago gimnasia matinal, tomo el sol, me recluyo en la Biblia, estudio ruso, mondo patatas, disfruto con buena literatura y converso con gente optimista y pesimista, polémica, predispuesta al suicidio, furiosa, triste y lo que se te ocurra, pues de todo hay en este mundo. Como ves, un programa variado.

Por lo demás, tengo el corazón joven y los huesos envejecidos. Reconozco que esto podría haber estado un poco mejor repartido. Mi médico dice que, mientras casi todos los seres humanos llevan la miseria en el alma en estos tiempos tan difíciles, yo la llevo en el cuerpo.

Por fortuna, entre unas cosas y otras creo que todavía soy una persona útil. ¿No necesitarás un asistente dentro de poco? No te pediría un sueldo elevado, solo un trato cordial y el café delicioso que sueles preparar.

Un saludo muy afectuoso, Osias, y acuérdate de mí con cariño siempre.

12 de abril de 1943

Desde la cama, viernes por la mañana. Te escribe una chica susceptible, Osias. Es buena amiga tuya, ya lo sabes, o tal vez lo hayas olvidado, puesto que la vida se te ha complicado demasiado. Sigo en medio de una contradicción: mi espíritu está más vivo y creativo que nunca, pero mi cuerpo no constituye precisamente una edificación sólida como para abrigarlo.

Sé que Westerbork ha crecido hasta parecer una ciudad, probablemente desoladora y extraña. Tengo la preocupante sospecha de que no duermes nada. Ten la bondad, al menos, de intentar conciliar el sueño.

Mis pensamientos son contradictorios. Si pienso que la vida toca a su fin, que todo es decadencia, un poco más tarde se me antoja que se vislumbra un nuevo comienzo. Pero déjame ser idealista y decirte que la gente como yo debe existir. La realidad del idealista puede ser diferente a la de los demás, pero también es la realidad.

Osias Korman, fiel amigo de los campos de Drente, qué extraño es esto que llamamos vida, ¿verdad? Te saludo y siento un gran afecto por ti.

Paseo en primavera

El trabajo en Westerbork se multiplica, Dan, y los jefes son los primeros en resentirse. Boris es el que más me preocupa, pues come poco y duerme mal desde enero. Para facilitar su distracción y su descanso, le pido que me acompañe hasta el pueblo, donde he de hablar con el farmacéutico. Iremos caminando, a la velocidad más adecuada para admirar la naturaleza y conversar. Boris, criado al aire libre, entre la granja de sus abuelos y los cultivos de sus padres, lleva en su corazón –tanto como los libros y las clases– el campo y sus labores. Y más en estos días, cuando la primavera llega con su cortejo de señales inconfundibles: una brisa más suave, una luz más intensa, un verde claro y tierno sobre los campos. Hace unos días también llegaron las golondrinas a los aleros de los barracones.

139

Nuestra senda y las tierras sembradas están mojadas por la lluvia de esta noche. El sol enciende los charcos cuando se cuela entre los resquicios de las nubes. A trechos, el camino que serpea hasta el antiguo burgo está cubierto por las copas de los árboles que lo flanquean. El aire va y viene cargado de aromas. Tordos y petirrojos revolotean sobre la acequia paralela al camino, y su canto se mezcla con nuestra conversación como si tomaran parte en ella. Después de andar dos kilómetros pasamos junto a la primera de las granjas vecinas. Parece un lugar solitario, donde apenas se aprecia actividad. Veo un banco cubierto por la melena de un sauce. A su lado despuntan las primeras rosas. Una muchacha está sentada en las escaleras del porche, junto a un haz de ramas verdes. Con tijera de podar en una mano y guante en la otra, está convirtiendo las ramas en palos puntiagudos. Luego los utilizarán su padre y sus hermanos para empajar el tejado.

Boris canturrea. Pienso que Tolstói tiene razón cuando afirma que la primavera alegra a los hombres, a los animales y a las plantas. Mi amigo parece un niño sorprendido por un aluvión de regalos. Conoce todas las yerbas y flores del camino. Me explica que los árboles tienen carácter como los animales y las personas: los hay tímidos y seguros, cobardes y valientes, habladores y discretos... Sonrío mientras pienso que Boris no tiene una personalidad, sino muchas. Cualquiera en Westerbork sabe que el grandullón soporta mal la injusticia y puede machacarte los huesos. Ahora, sin embargo, desarmado por la belleza del paisaje, repara en que el campo es un mundo vivo, que se ajusta a la noche, al día, a la estación. Con una hermosura para la que resultan inadecuadas las palabras de los mejores poetas y los colores de los grandes pintores. «Puedes pintar un campo de trigo», me dice, «pero nunca una espiga brotará de tu lienzo. ¿Ves esa alondra? ¿Cómo cantarla por escrito de modo que se levante del verso y vuele de rama en rama?».

Museos y pintores

Cambio de escenario, Dan. He pasado dos días de mayo en Ámsterdam, con Jerzy. El Consejo Judío solicitó nuestra presencia para disponer de una información cabal sobre Westerbork. Luego comprobamos que más bien querían escuchar a Jerzy y trabajar con él. Nuestro alojamiento, en el recinto del Begijnhof, ha sido en la residencia universitaria de profesores extranjeros. Muy cerca estaba la vivienda del presidente del Consejo, donde se han celebrado varias reuniones con el pleno. Yo solamente tuve que asistir a dos.

Por la tarde pude quedar con Etty sin necesidad de subir a ningún tranvía. Las distancias en Ámsterdam no exceden la media hora de camino, y la ciudad invita al paseo con fuerza irresistible. Yo no la conocía. He crecido en Viena, una capital que te apabulla con su grandeza imperial. Ámsterdam, en cambio, te seduce con sus proporciones humanas, la originalidad de sus fachadas y tejados, su trasiego entre puentes y canales, la elegancia de sus árboles, la gracia del conjunto... En la comparación entre ambas, quizá la gracia supere a la grandeza...

–Estoy en plena forma –me aseguró Etty por teléfono–. El médico me deja levantarme y ser tu cicerone.

Nos encontramos en el Palacio de la Música, cercano a su casa, y debo reconocer que su aspecto no me pareció cansado ni enfermizo. La vi feliz. Vestía una falda rosa liviana y una blusa malva de temporada, según me explicó. En la mano, un sombrero de paja con trencilla de terciopelo negro. Sobre su pecho, la estrella amarilla lucía como una condecoración.

En seguida me habló de su impaciencia por volver a Westerbork.

–Estoy como un soldado que espera órdenes.

Se le hacen muy largos los cinco meses lejos de nosotros. Siente que su corazón nunca ha salido del campo. Después de caminar unos minutos, nos sentamos en la terraza de un café muy concurrido, abierta a una explanada flanqueada por dos magníficos palacios. Me pareció que había preparado una sorpresa.

–¿Dónde crees que estamos?

–Junto al Concertgebouw –respondí sin dudar.

–¿Y esos dos edificios? –me preguntó con aire de misterio.

–¿No serán de la Gestapo? –dije en el mismo tono, provocando su risa.

–No. Estamos en la plaza de los Museos. Son dos de las mejores pinacotecas del mundo.

–¿El Rijksmusem? –aventuré con reverencia.

–El Rijks y el Stedelijk –confirmó Etty riéndose de nuevo ante mi cara de pasmo.

Mi sueño empezaba a cumplirse. Había venido a Ámsterdam con la ilusión de conocerlos, pero no esperaba tenerlos ante mis ojos sin previo aviso. Etty, en cambio, estaba acostumbrada a su presencia. Pertenecían a su barrio. Los veía a diario desde su habitación. Los visitaba con frecuencia...

–¿Quieres que entremos? –me preguntó mientras dejaba dos monedas sobre la mesa–. A los judíos del Consejo nos lo permiten, así que no perdamos tiempo.

Si en Westerbork yo era un jefe, en Ámsterdam me tocaba hacer de invitado y dejarme llevar. Comprobé que Etty era una buena anfitriona.

–Podemos entrar primero en el Rijks, para que veas juntos a Rubens, Rembrandt, Vermeer y Van Gogh.

–No sé si podré soportar tanta emoción...

Comenzamos a caminar por la inmensa pradera. Hacia la mitad, íbamos cogidos del brazo. Después de admirar durante dos horas los tesoros del Rijks, atravesamos el césped de la mano, hacia el Stedelijk. En ambos trayectos, con sonrisa de colegiala traviesa, ella había tomado la iniciativa, a pesar del peligro.

–¿Sabes que nos puede detener la policía nazi?

–Estoy dispuesta a correr ese riesgo.

Un inspirado diseñador de paisajes había colocado un banco rojo a la sombra de una acacia, junto a un gran estanque donde un azulón nadaba, se sumergía y se arreglaba el plumaje con el pico, bañado por el sol. Nos sentamos. A Etty ningún ser vivo le había parecido tan hermoso como aquel pato que retozaba en el agua, ajeno al resto del mundo y al paso del tiempo.

Ante nosotros pasó una robusta mujer con un diminuto perro de aguas. Más que vestida parecía tapizada de terciopelo. El ansioso perrillo tensaba su correa como un remolcador tirando de un portaviones. Etty captó lo risible de la escena y me hizo un guiño cómplice. Cuando perdimos de vista a la matrona, siguió hablándome de Ámsterdam con entusiasmo. Mientras yo me dejaba envolver en la frescura de su voz, la rodeé suavemente con mis brazos. Después de casarme, Dan, es la segunda mujer a quien he besado.

–¿Vendrías conmigo a Nueva York y aceptarías a mi hijo?

–¡Mañana mismo, doctor Korman!

Por la noche, Etty quiso enseñarme el barrio judío. Tras caminar un kilómetro junto al río Amstel, lo cruzamos en el Nieuwe Herengracht, bajo el cartel amarillo donde se leía, en letras negras, «JUDENVIERTEL». Apoyados en el pretil del puente, dos niños descamisados lanzaban trozos de pan a unas gaviotas que los atrapaban con destreza volando a ras de agua. Un coche celular hacía su ronda. Una mujer abrió una ventana y gritó algo. Los niños tiraron al agua el pan que les quedaba y entraron corriendo en un portal. Al adentrarnos en el barrio vimos que las puertas de algunas casas habían sido derribadas y posteriormente selladas. Nos cruzamos con una pareja de guardias alemanes. Su casco casi les tapaba los ojos. Era como si tuvieran la frente de acero verde.

Un gato gris nos observaba desde el umbral de un sucio portal. Al acercarnos, salió disparado escaleras arriba y se quedó mirándonos con el pelo erizado. En la acera, abandonada y bocabajo, una muñeca de trapo. Más adelante, junto a una puerta astillada colgaba un buzón reventado. Un poco de viento hizo que por algunas ventanas rotas ondeasen cortinas hacia la calle.

Abandonamos el barrio judío, paseamos por la ciudad vieja y nos sentamos en una terraza de la plaza del Waag.

–Aquí podemos contemplar el cielo de Van Gogh –comentó Etty.

–¿Estás segura?

–Bueno, con un poco de imaginación casi se pueden ver los remolinos de las constelaciones. Y con otro poco puedes pensar en el baile incesante de los astros, en los ritmos de las mareas o de las estaciones, en las fases de la luna, en el bullicio de millones de seres vivos...

–¿Crees que Van Gogh pensaba en esas cosas?

–Sin duda. ¿No ves que era un místico? Van Gogh veía la Creación entera, desde la Vía Láctea al girasol de su ventana, como un cosquilleo de Dios sobre la palma de la mano.

Acompañé a Etty hasta su casa y se empeñó en que subiera a conocer su habitación, una hermosa estancia ligeramente azul, con dos amplias ventanas y alto techo. La mitad del espacio lo ocupaban la cama con dosel y un insondable armario ropero. Una lámpara de pie, con pantalla naranja, repartía su luz entre un voluminoso sillón y un escritorio. Sobre los morillos de la chimenea, el fuego ardía alegremente, templando la brisa que entraba por las ventanas entreabiertas y jugaba con los visillos.

Retorno a Westerbork

Al día siguiente, Dan, en lugar de embarcar hacia América volví a Westerbork con Jerzy. Al cabo de una semana recibí carta de Etty.

¿Te acuerdas del Club de Patinaje, cerca del Palacio de la Música? Allí paseo contigo a lo largo de la verja. Hago mi ronda acostumbrada y, de repente, apareces de forma imprevista y te sumas al paseo. Entonces experimento una alegría que se renueva con cada una de tus llegadas. No me despido de ti, Osias, porque nos pertenecemos y no caben los adioses.

Tu tío me aconseja que ponga la fecha en estas anotaciones. Aduce que estamos viviendo acontecimientos de extraordinaria importancia, que merecen ser reseñados con la máxima exactitud. Bueno, pues hoy, 6 de junio de 1943, un mes más tarde de nuestro encuentro en Ámsterdam, Etty ha regresado a Westerbork.

7 de junio

Nos hemos levantado a las cuatro de la mañana para atender al tren de Vught, saturado de judíos y de piojos. Bajan mil seiscientas mujeres y niños. Han venido de pie en enormes vagones de ganado. Durante horas intentamos calmar a los pequeños llorones y acarreamos el equipaje de sus madres exhaustas. Una anciana nos pregunta por qué los judíos debemos sufrir tanto. Una mujer con un bebé va repitiendo: «Dios mío, Dios mío, ¿existes aún?».

8 de junio

Etty resume las primeras impresiones con palabras profundas y expresivas.

Este campamento me engulle en cuerpo y alma con su miseria y los convoyes que van y vienen. Parece que llevo aquí cien años.

10 de junio

Otto y Werner han terminado las nuevas barracas de la ladera. Apenas nos queda espacio libre, y, menos aún, espacio verde. Oigo el resuello de una locomotora. Los que han de abandonar el campo ya se han instalado en los vagones de mercancías. Entre ellos, muchos enfermos. Esta vez no se ha librado Hanna Shevlin, una anciana pequeña y vivaracha como una ardilla. Observo por última vez su cara tostada, sus manos de lavandera y sus tres dientes tan viudos como ella. Me sonríe con simpleza y complicidad, como si quisiera decirme que todo está en orden, que no me preocupe. La señora Mahler la echará de menos.

Pasaban horas cosiendo retales y haciendo colchas, mientras Hanna Shevlin hablaba sin cesar sobre su vida en una granja lechera de Essen, cuando era niña. Le encantaba tomarse un pequeño *brandy* rebajado con agua caliente antes de acostarse, y Magda se lo preparaba con gusto. «Trae buenos sueños», decía con sus ojos brillantes.

Le pido a Etty que me deje leer la última página de su diario.

La locomotora emite un chirrido horrendo. Todos contenemos la respiración y de nuevo tres mil judíos nos dejan para siempre. Muchísimos niños de meses que padecen afecciones pulmonares están hacinados en los vagones. A veces tengo la impresión de que esto que está sucediendo no es real. Cuando se cierran las puertas de los vagones, por las aberturas se cuelan y agitan las manos de los náufragos. El cielo está salpicado de pájaros. Los altramuces lila ponen su nota de armonía en los taludes del andén. El sol me cosquillea en la cara y delante de nuestros ojos se perpetra una masacre. Es todo realmente incomprensible.

12 de junio

Jerzy ha comido hoy con Gemmeker en la residencia del comandante. No es el primer día y tampoco creo que sea el último. Desde la primera vez que hablaron se han entendido bien. La amistad entre un oficial nazi y un judío es impensable, pero al menos en este caso se puede hablar de respeto y admiración por parte del militar.

Gemmeker conoce el empeño de tu tío por enseñar a los adolescentes de Westerbork. De ello hablaron largamente el primer día que comieron juntos. La segunda vez, el comandante le preguntó si podía enseñar historia de Europa a sus dos hijos, de 13 y 15 años.

–Usted sabe, comandante, que soy polaco y católico. ¿Desea realmente que enseñe historia a sus hijos?

–Me gustaría que aceptara, profesor.

–Acepto si puedo hablar con libertad, señor Gemmeker. Con la libertad de contarles la verdad.

–Nada me gustaría más, señor Wajda. Tiene mi palabra.

14 de junio

Max y Jopie, después de consultar a la enfermera jefe, preguntan a Etty si puede hacerse cargo de cuatro barracas de enfermos, una grande y tres pequeñas. Ella acepta, encantada de sentirse útil. Al atardecer, los cuatro nos acomodamos junto a la alambrada para ver la puesta de sol.

18 de junio

–¿Cómo estás, Etty? ¿No tienes excesivo trabajo?

–Estoy muy bien, de verdad. Fíjate que sigo estudiando ruso una hora al día, leo los Salmos y hablo con mujeres de cien años que insisten en contarme sus vidas. Además, aquí vivo en familia, como en Ámsterdam.

21 de junio

Esta mañana recibimos al tren de mercancías en el andén. Con los vagones todavía cerrados, Etty reconoció tras una hendidura el sombrero de su madre y las gafas de su padre. Con ellos venía su hermano Mischa, un excelente violinista. Comenzó a gritar hasta que la vieron. Cuando bajaron, se repitió el calvario habitual: horas y horas de espera bajo la lluvia. Por la noche, Etty me dice que ha sido el día más negro de su vida y me pasa el diario.

He dejado a mi padre y a Mischa en uno de los grandes barracones, convertido en un abarrotado depósito de carne humana, sin ningún tipo de intimidad, lleno de niños que no paran de llorar y gritar. Lo raro en este lugar es no volverse loco.

26 de junio

«Yo no estoy en la lista del tren, ¿verdad?». Es la pregunta que nos hacen constantemente a los jefes. A la que siempre, con una sonrisa y sin necesidad de mentir, se puede contestar: «No se preocupe». Etty consigue lo más difícil: que su sonrisa sea radiante en todo momento. Por la tarde, en la oficina, me confiesa que la preocupación por los suyos le trastorna como nada en el mundo. Para que se distraiga, hemos charlado con Leo y Boris paseando junto al canal. Por la noche me deja su diario.

Desde la llegada del último tren se me ha quitado el apetito, el sueño, todo... Sin embargo, estoy bien: la enorme tarea de atender a los demás hace que te olvides de ti misma.

27 de junio

El Consejo Judío se disuelve, Daniel. Según las últimas noticias, sesenta de nosotros se quedarán en Westerbork;

otros sesenta deberán regresar a Ámsterdam con una inmunidad que impedirá su reclusión en campos de concentración. Los nueve jefes hemos decidido quedarnos, igual que Etty, aunque ya no decidiremos quién viaja en el tren y quién se salva.

29 de junio

Todas las semanas sale un tren. En el centro de cada vagón, un tonel vacío. Setenta personas por vagón, todas de pie. Solo se les permite llevar una bolsa de pan. Para los enfermos se improvisan lechos de cartón. Me pregunto cuántos llegarán vivos al destino. Ahora es Etty quien pregunta constantemente si sus padres están en la lista negra, decidida a hacer lo que sea para evitarlo. A pesar de su agobio, afirma que en las situaciones más duras le crecen al ser humano nuevos órganos que le permiten sufrir sin hundirse en la desesperación, seguir adelante con una melancólica serenidad. Para ella, es una prueba de que Dios es misericordioso.

Un cigarrillo

1 de julio de 1943

Encuentro a Etty sentada al sol, en el suelo, contra el brocal del pozo cercano a los barracones del hospital. Sobre sus piernas dobladas apoya un cuaderno. Me dice que está escribiendo de contrabando varias cartas, pues ya ha sobrepasado su cupo. Le ofrezco un paquete de cigarrillos que mira con incredulidad.

–¿Cómo lo has conseguido? Te habrá costado un dineral.

–Regalo de un paciente agradecido.

–Lo tuyo no es mentir, Osias.

Me siento junto a ella y me paga con dos sonoros besos. Abre el paquete, enciende el primer cigarro, me dedica un guiño y aspira con expresión de éxtasis. La miro en silencio.

–Dame la mano –me dice.

Mientras juega con ella, cierra los ojos y habla en un susurro.

–¿Te acuerdas del pato que se bañaba en el estanque de los museos? Recuerdo ese día como uno de los más felices de mi vida.

–Yo me quedo con este pozo y esta chica fumadora.

Etty expulsa el humo suavemente y deja el cigarrillo en el suelo. Está inmóvil, aferrada a mi mano, y mantiene los ojos cerrados. Unas lágrimas resbalan por sus mejillas mientras su semblante se ensombrece hasta reflejar un profundo abatimiento.

–Lo siento, Osias. No me gusta llorar.

–Pues lo haces con mucha clase.

Durante unos segundos no puede contener los sollozos. Después se seca cuidadosamente las lágrimas, como quien borra una huella de debilidad.

–¿Crees que algún día acabará esta pesadilla?

–Claro que sí –aseguro–. Y seremos felices recordando lo mucho que hemos superado.

–No creo que nos esté permitida la felicidad, Osias.

–Ya lo verás. ¿Sabes que he estado charlando con tu padre?

–¿Cómo lo has encontrado?

–Sigue ejerciendo de catedrático, hablando animadamente de Grecia y Roma con un grupo de gente cultivada.

–¿Y qué te ha contado?

–Dice que prefiere ir a Polonia y poner fin a esta situación degradante. En tres días habría acabado todo.

–No para de repetirlo. ¿Qué le has dicho?

–Hemos hablado de los judíos en el desierto, de su resistencia durante cuarenta años.

Etty se queda pensativa y deja escapar, con el humo, un comentario que la retrata:

–Yo no necesito nada en este desierto, pero ya sabes que pondría el mundo a los pies de mis padres con tal de iluminar su existencia.

3 de julio

Los prisioneros de los transportes ya no bajan de los trenes de mercancías que siguen llegando. La mercancía humana espera uno o dos días, a pan y agua o ni siquiera eso, antes de reemprender la marcha hacia los campos de Polonia. Quizá sea el último viaje de su vida. El sol aprieta y la basura se acumula bajo una nube permanente de moscas. El colector de las letrinas lleva tiempo obturado. Con el calor y la humedad, el hedor del campo resulta insoportable. Los barracones apestan a orina. Hombres y mujeres apestan a sudor y a ropa sucia. Apesta el canal, por supuesto.

5 de julio

Una lluvia débil ha limpiado el polvo del campamento sin llegar a formar barro. Hemos tenido suerte. Cuando el día se va apagando, paseo con Boris por el sendero alto, único espacio no abarrotado. Se nos unen Etty y los Mahler. La sintonía entre nosotros facilita la confidencia. Etty, a pesar de tanta miseria, confiesa que no puede evitar un poderoso sentimiento de fascinación por la vida, junto al sueño de construir un mundo nuevo después de la guerra. Más tarde, ya de noche, en el porche iluminado de los Mahler, lo escribe en su diario con estas palabras:

155

Tenemos derecho a sufrir, pero no a sucumbir al sufrimiento. Además, a cada infamia, a cada crueldad, hemos de oponer amor y buena fe. Y si sobrevivimos ilesos en el cuerpo y en el alma, sobre todo en el alma, sin resentimientos ni amarguras, habremos ganado el derecho a tener voz, a que se nos escuche.

Este párrafo me recuerda algo que la psiquiatría sabe muy bien: que las más duras condiciones de vida son soportables cuando en el horizonte hay grandes proyectos, pues los proyectos te permiten vivir en el futuro. Por eso, en medio de la degradación externa, el interior de la persona puede estar intensamente iluminado. ¿No es esto lo que da fuerzas a cualquier madre joven? En Viena, mi colega Viktor Frankl solía decir que «cuando se tiene un porqué siempre se encuentra el cómo».

Epidemia de tifus

7de julio
Tenía que llegar y ha llegado, Daniel. Me refiero a la epidemia de tifus. Desde noviembre hemos sentido su amenaza muy cerca, pues todas las semanas había alguna defunción y algún brote. Pero los contagiados no eran muchos. Ahora, con el hacinamiento y las pésimas condiciones higiénicas, los casos se han disparado.

De los once barracones femeninos y los nueve masculinos ingresan todos los días mujeres y hombres en las barracas hospitalarias. La mitad sale adelante. A los restantes nos gustaría enterrarlos piadosamente, pero solo podemos rezar por ellos mientras acompañamos al carruaje que los lleva hasta la sima de la granja Grottën.

El tifus es una enfermedad peligrosa. Donde la higiene brilla por su ausencia proliferan los piojos que la transmiten. Por eso suele ser compañera inevitable de guerras, hambrunas y catástrofes naturales. El padre de Etty pone la nota culta a mi escasa información y me cuenta algo que pasó en el siglo v antes de Cristo. Parece ser que, durante el segundo año de guerra entre la liga ateniense y la espartana, la peste diezmó la población de Atenas, hacinada dentro de sus murallas.

–¿Cree usted, señor Hillesum, que se trataba de tifus?

–No lo sé, doctor. Pero puedo contarle lo que pasó.

–¿Perdone mi pregunta, profesor. ¿Cómo sabe lo que pasó?

–No me diga, señor Korman, que no ha leído usted la *Guerra del Peloponeso*.

–Me temo que no.

–Pero vamos a ver, doctor, ¿qué estudian entonces los bachilleres en Viena?

Luis Hillesum, especialista en lenguas clásicas, ha sido director del Instituto de Secundaria de Deventer, y eso deja huella. Ya ves, Daniel, que me trata como a un alumno. Reconozco que su fingido enfado y su tono autoritario me divierten, y comprendo que su profesión y su cargo le hayan enseñado a ser un poco teatral. El caso es que aquella peste, más que diezmar, eliminó a la tercera parte de la población refugiada en Atenas. El mismo Pericles murió en un brote posterior, así que no fue ninguna broma.

La memoria del padre de Etty me parece portentosa. Recuerda, por ejemplo, que al principio los médicos atenienses no conocían la enfermedad y morían después de visitar a los enfermos; que de nada servían las medicinas, las adivinaciones o las plegarias en los templos; primero, se sentía un fuerte dolor de cabeza y se hinchaban los ojos; después, se vomitaba y se podía producir un desmayo, la piel enrojecía y se llenaba de pústulas, la fiebre no permitía dormir ni descansar; algunos perdían los pies, las manos, los ojos; la muerte podía sobrevenir al cabo de una semana; a los cadáveres no se les acercaban las aves ni las fieras carroñeras, y los que se curaban estaban fuera de peligro, porque no volvían a contraer la enfermedad.

–¿Cree usted que era tifus, doctor?

–La mitad de los síntomas coinciden, profesor. Tendremos que preguntar a Max Cohen, que es internista.

10 de julio

La humedad y el calor aceleran la descomposición de los cadáveres. Esa circunstancia nos obliga a acelerar también su traslado a la sima. En cuanto el forense nazi certifica una defunción, el carro fúnebre cumple su cometido. Esa certificación es automática en los casos de tifus, pues el forense no quiere ni acercarse al cuerpo muerto, y sin salir de su despacho da por bueno el parte firmado conjuntamente por Otto y Max.

Desde la apertura del campo hemos enterrado a nuestros muertos de uno en uno. Ahora, los cadáveres tienen siempre compañeros de viaje. El primitivo carro de dos ejes, insuficiente para tanta demanda, ha sido sustituido por otro de tres, enganchado a dos fuertes caballos de tiro.

El trayecto entre el campo y la granja Grottën se recorre a diario varias veces: al menos por la mañana, por la tarde, por la noche y de madrugada. El «coche fúnebre» traquetea junto al canal con su carga pestilente. A su paso, niños y grandes se detienen, se descubren, inclinan la cabeza y murmuran el *Shema Israel*. Si son católicos, añaden una plegaria a María y hacen la señal de la cruz. Todos se tapan la nariz y tuercen el gesto, pues el carro desprende un olor pútrido insoportable que se queda flotando sobre Westerbork hasta que la brisa o el viento se apiadan de nosotros.

Más trenes y más listas

12 de julio

A las seis de la mañana hemos comenzado a cargar un tren de mercancías. Cuando te notifican que vas a ser deportado lo hacen en plena noche, poco antes de que salga el tren. A los padres de Etty se lo notificaron esta madrugada. Ella lo supo de inmediato, los confió a mi cuidado y se lanzó de cabeza a la diplomacia subterránea, hasta que dio con el kapo que podía solucionar el problema. Y que lo solucionó, a pesar de su aspecto de tratante de blancas, en palabras de la muchacha. Ella se siente ahora como después de un parto, agotada y feliz.

13 de julio

Paseo con Jopie y Boris. Vamos a buscar a Etty para que nos acompañe. Después le pido que ponga por escrito esa media hora.

* * *

La miseria ha rebasado con mucho los límites de la rea-
lidad, de modo que se ha vuelto irreal. Los que me quie-
ren, para olvidar las listas de deportados, me invitan a
ver gaviotas, cuyo vuelo sugiere la existencia de leyes
eternas, muy distintas a las humanas. Durante un buen
rato contemplamos su evolución plateada, bajo nuba-
rrones oscuros que amenazan lluvia, y de pronto senti-
mos que el corazón pesa menos.

16 de julio

Etty describe magníficamente la alternancia de sus estados de ánimo, casi a la altura de las *Confesiones* agusti-
nianas. Le digo que ese vaivén emocional expresa una de
las grandes leyes de la psicología humana, y que es muy
bueno conocerla. Por eso te la brindo, Daniel:

Cuando se ha llegado al límite de la desesperación, en-
tonces la balanza bascula hacia el otro lado y puedes
reír y tomar la vida como es. Cuando te ves abocada al
desánimo más intenso durante un tiempo prolongado,
te puedes elevar de repente sobre toda esa miseria, has-
ta sentirte más ligera y liberada que nunca en tu vida.
Me siento de nuevo bien, tras varios días de absoluta
desesperación. El equilibrio se restablece otra vez. Ay,
qué mundo más alucinante. Esto es una casa de locos
de la que habremos de avergonzarnos durante siglos.

19 de julio

Fiesta en el orfanato. Etty ha recibido una tarta de Ámsterdam y puede regalar a los niños unos trocitos de felici-

dad. El último lo reserva para su padre. Mientras vamos a su encuentro me confiesa que añora las tardes dulces y perezosas de Ámsterdam, clasificando fotografías sobre la cama de su habitación, leyendo cartas y poemas, charlando incansablemente con sus amigas...

20 de julio

El campamento se vacía por los desagües del ferrocarril y de la sima Grottën. Esta mañana ha salido un tren cargado con dos mil quinientos infortunados. Hemos abrazado en el andén a nuestro amigo Philip Mechanicus, buen periodista y excelente persona. Estaba silencioso, con el rostro sereno y la mochila a sus pies. No hablamos de su partida. Reímos y quedamos en volvernos a encontrar. Su actitud es infrecuente. La mayoría de los seleccionados, incapaces de aceptar su suerte, cargan su sufrimiento sobre los demás.

A mediodía, cuando me dirijo a presenciar el reparto de comida, un tipo alto y desgarbado llama mi atención por su gran parecido con Mechanicus. Me voy acercando y su perfil se identifica más y más con nuestro amigo perdido. No me lo puedo creer. La extrema debilidad puede producir alucinaciones, pero yo no estoy agotado ni abatido. Nos volvemos a abrazar. Solo sabe que el comandante del convoy, segundos antes de partir, hizo abrir la puerta sellada del vagón y le ordenó bajar.

El señor Hillesum estaba de nuevo en la lista de la muerte, pero hemos podido salvarle. Me enteré ayer al romper el alba y volé a comunicárselo a Etty. Ahora comparte con ocho voluntarias una de las pequeñas casas familiares del primer Westerbork, a la sombra de una acacia. A esas horas yo no debía entrar, así que solté la noticia en el porche:

—¡Se ha salvado!

Ella sale somnolienta y despeinada, me abraza, intenta inútilmente secarse las lágrimas y se disculpa por no poder ofrecerme una taza de té.

Luis Hillesum, ajeno a las zozobras de su hija, lleva una semana hospitalizado a causa de una fuerte anemia, y ya tiene dos alumnos que quieren aprender con ahínco más griego y latín. También filosofa con los rabinos que van a visitarle, viejos amigos de los tiempos de estudiante, y a veces pasea con Etty alrededor de la barraca.

25 de julio

Etty tiene fiebre y diarrea, pero quiere estar disponible en todo momento, no en la cama. Nos asusta la posibilidad de que pueda ser tifus. Me desespero solo de pensarlo y rezo para que no lo sea.

31 de julio

Etty parece restablecida. Todos respiramos. Muy de mañana, antes de las seis, la acompaño a la barraca de su padre. Mientras le asea, me acerco al cuarto de las calderas, espero en la cola, lleno su cantimplora de agua hirviendo y cuelgo dos bolsitas de té. Después repetimos la operación en la barraca de su madre.

La chica que no sabía arrodillarse

6 de agosto

Hace dos semanas que no salen trenes y se rumorea que ya no saldrán más, que Westerbork se va a convertir en un campo solo de trabajos forzados. Si se confirma, tendremos que celebrarlo por todo lo alto.

8 de agosto

Ayer nos visitó un general. Tuvimos que levantarnos al alba, desalojar los barracones y llevar a cabo una limpieza a fondo. A los presos se les afeitó el cráneo y se les puso ropa de presidiarios, aunque no había para todos. Al padre de Etty lo trasladaron, con otros treinta enfermos, a una especie de establo, sin apenas espacio entre las camas. Ha colocado su traje, su abrigo y todas sus pertenencias bajo la almohada. Dice que vive en «los bajos fondos» y que hace falta una salud de hierro para superar esas condiciones. Días atrás ha tenido disentería y cuarenta de fiebre. Etty, inasequible al pesimismo, anota en su diario que «ayer le visitó una señora muy atenta con un regalo dignísimo: un rollo de papel higiénico. Era la mujer de un destacado rabino. Mi padre lo agradeció con cortesía exquisita».

El lápiz y el cuaderno parecen una prolongación natural de la mano de Etty. Allá donde va escribe unas líneas, o tan solo unas palabras. Una misma página puede estar escrita sobre su mesa de telegrafista, en mi oficina, sobre una cama vacía, en la cola del lavadero, en el comedor de enfermos, en el orfanato... Le pido su último párrafo y leo.

La gente me dice que solo veo el lado positivo de las cosas. Qué tontería. La realidad tiene siempre dos caras: una buena y otra mala. Lo que sucede es que nunca he tenido que esforzarme en ver el lado bueno.

9 de agosto

Me despierta la lluvia que golpea en mi ventanuco. Entra por el cristal una luz sucia, de amanecer nublado. Desde mi catre veo gaviotas en el cielo gris. Pienso en su libertad. Hace frío dentro del barracón. Temo que el verano se haya ido definitivamente.

El estómago me recuerda durante todo el día que estamos bajo mínimos. Al anochecer, Etty llega a casa de los Mahler con media libra de mantequilla procedente de Deventer.

–Aunque nosotros nos alimentamos del espíritu, por esta vez, ¡viva la materia! –exclama entre el regocijo de todos.

Oímos unos golpecitos en la pared. Desde la habitación contigua Magda nos da a entender, con sus nudillos, que los niños se están durmiendo. Bajamos la voz y aparece sonriente, con el índice en los labios.

–¿Sabéis lo que nos ha pasado esta noche? Se nos coló en la barraca una gata vagabunda, muy necesitada. Le preparamos una caja en el baño y allí parió a sus gatitos.

Cinco minutos más tarde, Etty se despide. Dentro de tres horas tiene servicio nocturno y quiere dormir hasta entonces.

–No imagináis el sueño que tengo. Podría estar durmiendo catorce días seguidos.

Camino con ella hasta el portón de su zona, para que se lleve el recuerdo de un beso.

11 de agosto

Mañana, Jopie y Max irán a Ámsterdam. Su misión es conseguir medicinas. Tienen unos florines y mucha esperanza en la compasión de amigos y colegas. Etty les anima a recoger un trozo de grasa que dejó en casa de Elsa Becker, pues con ella podría cocer patatas en las barracas de los amigos que disponen de fogón. Jopie y Max prometen que vendrán con ese tesoro, pero no se les pasa por la cabeza que no se destine a los enfermos y a las madres lactantes.

18 de agosto

Te escribo, Daniel, después de haber pasado por la casa de Etty a media tarde. Lleva dos días sin levantarse, agotada por el último servicio de noche. Me sonríe. Con un gesto le indico que no se incorpore. Se alegra de verme y charlamos un rato. Su diario asoma bajo la almohada.

–Ya sabes que aprendo mucho de tu estilo –le digo con un guiño–. ¿Has escrito estos días?

–Dos o tres párrafos.

–¿Puedo verlos?

Etty duda, se ruboriza levemente y asiente. Cuando abro el cuaderno, cierra los ojos y pronuncia unas palabras enigmáticas.

–Yo antes no sabía arrodillarme. –Después, como si se avergonzara de lo que piensa decir, añade–: Pero a veces se producen milagros en la vida. La mía es una sucesión de milagros interiores.

Muy intrigado, leo en silencio y comprendo.

Esta tarde estaba descansando en mi camastro y he tenido el impulso repentino de escribir una oración. Tú que me diste tanto, Dios mío, permíteme también dar a manos llenas. Mi vida se ha convertido en un diálogo ininterrumpido contigo, en una larga conversación. Cuando estoy en algún rincón del campamento, con los pies en la tierra y los ojos apuntando al cielo, siento el rostro anegado en lágrimas, única salida de la intensa emoción y de la gratitud. A veces, por la noche, tendida en el lecho y en paz contigo, también me embargan las lágrimas de gratitud, que constituyen mi plegaria.

Probablemente no llegue a ser la escritora en la que quiero convertirme, pero al menos vivo dentro de ti. Me gustaría concebir aforismos y relatos vibrantes; sin embargo, la primera y la última palabra que me viene a la

cabeza es invariablemente la misma: Dios. Sí, tú llenas
mi vida sin dejar espacio a lo trivial, y toda mi energía
creadora la empleo en hablar contigo.

Recuerdo que Jacob, siendo joven, tuvo que trabajar siete
años para Labán. Solo entonces pudo casarse con Rebe-
ca. Pero la amaba tanto que esos años se le hicieron muy
cortos. Yo le entiendo muy bien. Todo lo que he pasado, y
todo lo que me quede por sufrir en Westerbork, lo conside-
raré insignificante en comparación con Etty. Cuando tú la
conozcas, hijo, tal vez pienses que me quedo corto.

El infierno

El 24 de agosto escribe Etty:

Pensar que no volverían a salir trenes ha sido un espejismo cruel. Después de la noche pasada me parece que reír es un pecado, una ofensa a Dios y a las víctimas. ¿Con qué palabras describir los gritos penetrantes de los bebés, arrancados del sueño y de sus camas en plena noche? ¿Y la agonía de sus madres? ¿Y el pánico del muchacho que se creía a salvo y descubrió, al ser despertado, que dentro de tres días sería humo en las chimeneas de Polonia?

Ese muchacho perdió la cabeza y escapó. Tuvimos que organizar su captura para evitar represalias. Lo encontramos en una tienda de campaña, temblando como un conejillo. Aun así, ha caído sobre nosotros un «castigo ejemplar»: cincuenta judíos subirán al tren por ese instante de desvarío. Entre ellos, algunos que se creían intocables. El

sistema funciona así, mediante castigos colectivos despro-
porcionados.

Las voluntarias se multiplicaban esa noche preparando bi-
berones, vistiendo a los bebés y consolando a las madres.
Algunos enfermos fueron llevados en camillas hasta el andén. Veo a Etty sentada en la cama de una adolescente con
hemiplejia.

–¿Te lo han dicho? Me tengo que ir –le acaba de confiar
la muchachita.

Su rostro inexpresivo lo llenan dos grandes ojos muy
abiertos. Estaba aprendiendo a caminar de nuevo y dice
con voz dulce:

–Es una pena que todo el esfuerzo no haya servido para
nada.

De pronto, cede la rigidez artificial de su semblante y
fluyen las lágrimas.

–¡Qué difícil es ir hacia la muerte! –exclama entre sollozos.

Es imposible distinguir quiénes se van y quiénes se que-
dan. Todo el mundo está levantado. Los enfermos se visten
unos a otros. Algunos no tienen ropa y resultan ridículos
cuando se ponen lo primero que pillan. Los llantos de los
recién nacidos se inflaman y llegan hasta el último rincón
de este campamento fantasmal. Pienso en Herodes.

–Esto es el infierno –me dice Etty al oído.

Una joven madre repite que su niño nunca llora así.

–Es como si presintiera lo que va a pasar.

Para calmarlo, levanta de la cuna a su hermosa criatura
de ocho meses y le dice, sonriente:

–Si no te portas bien no vendrás con mamá de viaje.

Dos enfermeras visten a una mujer de Róterdam. Es pequeña, cariñosa, sencilla. Está en el noveno mes de embarazo. Hace dos meses quiso subir al tren con su marido. No les dejaron porque sus partos son siempre complicados.

–Ahora me obligan a irme porque alguien se ha salvado esta noche de ser deportado. Solo me queda confiar en Dios.

Al escucharla bajo la vista, avergonzado, y me maldigo por haber logrado más de un indulto. Etty la besa y la abraza. En la camilla, de camino al tren, le sobrevienen las primeras contracciones del parto. Entonces se autoriza su traslado al hospital en lugar de hacinarla en el vagón de mercancías. Me acuerdo de tu madre y de tu nacimiento, Daniel. Y lloro por primera vez en Westerbork.

Me empeño en escribirte porque, si no lo hago, mañana tal vez piense que todo ha sido un sueño, una pesadilla, algo irreal. Etty también lo está contando por escrito a los amigos de Ámsterdam. En su carta habla de una anciana cercana a los noventa, de frente aristocrática, cabello blanco y vestido anticuado. Enviudó hace unos meses y su queja es honda:

–No me han dejado compartir tumba con mi marido.

Habla después de una mujer menuda y vivaz, sostenida por este argumento:

–Tengo siete hijos que necesitan una madre que no transparente el horror en los ojos.

Lleva un vestido pobre, de manga corta, y le espera un viaje de tres días hasta Polonia, con sus niños.

De una mujer joven supone Etty que ha conocido el lujo y ha sido hermosa. Hace poco que está en el campamento. Se tuvo que esconder para proteger a su bebé. Una denuncia hizo que terminara aquí, como tantos clandestinos. Su marido está en la barraca penitenciaria. Da pena verla. Sus cabellos descoloridos dejan entrever su color natural, negro con reflejos castaños. Ha puesto sus vestidos y su ropa interior en un solo montón, pero no podrá llevar todo si el niño va con ella. Tiene aspecto deforme y ridículo. Su rostro está lleno de manchas. Mira con ojos apagados e interrogantes, como un animal joven, abandonado e indefenso.

Sigo transcribiendo la carta de Etty, Daniel, porque su testimonio me parece insuperable y hermoso.

En camilla llevan a un anciano, enfermo terminal, que susurra Scheimes, la oración que se reza por los moribundos. Veo a un padre que antes de ser deportado bendice a su mujer y a su hijo. A él lo bendice un rabino de barba nevada y ardiente rostro de profeta. También veo... ¿Cómo podré seguir describiendo esto? Ya me han dado las seis de la mañana y el tren saldrá a las once. Empiezan a cargar gente y mochilas. Entre los hombres con mono marrón, que transportan equipajes en carretillas, descubro a algunos bufones del comandante: el cómico Max Ehrlich, el compositor Willy Rosen, el pianista Erich Ziegler.

En poco tiempo los vagones de mercancías se saturan, pero siguen metiendo gente. Entonces, aparece el comandante en un extremo del andén: un ario corpulento, de cabello trigueño, con gesto duro en la boca y aire desdeñoso. Ni siquiera la elegancia afeminada de su ropa de montar consigue ocultar su poderosa musculatura. Se ha parado junto a la locomotora con los brazos cruzados y las piernas separadas, como una superestrella, para que Etty lo desguace con su ironía.

Sobre él se tejen muchos mitos. ¡Tiene tanto encanto y tanta compasión por los judíos! Para enriquecer nuestra alimentación ha cambiado coles por garbanzos. A los niños del hospital les da un tomate diario, y a pesar de eso son muchos los que fallecen. Fomenta la vida artística en el campo y no se pierde las veladas del cabaret. Ha impulsado la creación de un coro masculino. Invita a artistas a su casa y cena con ellos. Incluso tendió la mano a una actriz judía. ¿Te das cuenta? ¡La mano! También ha hecho serrar las tablas de la sinagoga de Assen para montar el escenario del ballet. ¡Nada menos que la sinagoga! «¿Qué le parecerá esto a Dios?», se preguntaba un carpintero. Anoche, mientras se preparaba la deportación, se trabajaba sin descanso en el espectáculo. Todo aquí es de una locura y de una tristeza indescriptibles.

Podría contarte, Daniel, muchas historias sobre el comandante. Si el anterior nos mandaba a Polonia a patadas, este lo hace con una sonrisa. Por eso es más odioso. Su carrera en el campo es brillante. Hace un año no tendría conocimiento de este lugar, pero ahora es dueño y señor de la vida y la muerte de los prisioneros de Westerbork. Esta misma mañana ha condenado a cincuenta judíos porque un muchacho en pijama se escondió en una tienda. Su cabello gris, impecablemente peinado, asoma por la nuca bajo la gorra verde y plana. Su rostro joven hace soñar a inocentes muchachas del campamento. Un semblante que tiene hoy el color apagado del acero y parece dominado por el odio y la rigidez.

El andén debería llamarse Avenida de la deportación. ¿Alguna vez se podrá contar al mundo lo que está ocurriendo aquí? Para la historia seremos una masa sufriente de judíos, incolora e indiferenciada. Nadie imaginará los abismos que caben en cada persona. Además, serían incapaces de comprenderlo.

El comandante pasa revista al convoy. ¡Dios mío! ¿De verdad cerrarán todas esas puertas? Claro que sí. Ya las están cerrando. Ya asoman cabezas y manos por las rendijas superiores. El comandante hace un gesto displicente con la mano y se oye un silbido estridente. Un tren con mil veinte personas abandona Holanda. Entre ellas, la familia Franck y todo el clan de los Adelaar. De nuevo se ha amputado un órgano vital a nuestro campamento. La próxima semana, otro órgano. Así llevamos un año. Es el destino de todos los que quedamos. Cualquier día nos llegará la hora. Estoy cansada y mareada. Voy a intentar dormir una hora.

El último adiós

2 de septiembre

Veo a Etty en la cola de la cena, hablando con la enfermera Lansen. La tarde es luminosa y fresca. Lleva un vestido de lana azul, enviado por Han Wegerif. Deja la fila y viene a mi encuentro. La contemplo y silbo de admiración. En su sonrisa agradecida hay un mohín de tristeza.

–¿Sabes que quizá tengamos que dejar nuestra casita para trasladarnos a una barraca grande? Lies Levie sigue con sus vértigos, y yo con mis mareos. Qué jóvenes éramos en este mismo campamento hace un año, ¿verdad, Osias?

–Yo te veo más joven y más guapa.

–Pues ni una cosa ni otra. ¿No crees que el sufrimiento nos ha envejecido?

–Prefiero pensar que nos hemos vuelto más sabios.

7 de septiembre

No me resulta fácil, Daniel, explicarte lo que ha sucedido. Anoche llegó una orden de deportación súbita e inesperada, emitida desde La Haya. Sus únicos destinatarios eran Etty, Mischa y sus padres. ¿Por qué? Es una pregunta para la que no hay respuesta, y menos para la inclusión de Etty, pues los antiguos miembros del Consejo Judío no somos deportados.

Fuimos Jopie y yo a comunicárselo. Estaba preparando té para las voluntarias de su casa. Se derrumbó durante unos minutos. Después se repuso con admirable energía y nos acompañó a las barracas de su familia.

El señor Hillesum expresaba su nerviosismo en forma de observaciones humorísticas. Mischa quiso acudir a todo tipo de personas influyentes, sin comprender que una orden de La Haya es irrevocable. Le desgarraba dejar la música. Cuando se tranquilizó, introdujo con dificultad sus partituras en la mochila. La madre demostró en todo momento una entereza extraordinaria. Las amigas de Etty empaquetaron sus cosas, hasta el más mínimo detalle, con cuidado y cariño. Jopie las distribuyó entre una mochila y una cesta donde tintineaban tazones y vasos.

Los nueve jefes arropamos a Etty en ese andén que dos semanas antes había descrito en párrafos inolvidables. Mientras la lluvia y las lágrimas se mezclaban, tuvo palabras agradecidas para cada uno, no exentas de buen humor.

—Me llevo mis diarios, mi Biblia, mi gramática rusa y a Tolstoi. El resto del equipaje será una sorpresa cuando lo abra.

En el primer vagón van sus padres y Mischa. Un silbido agudo anuncia la partida. El tren se pone en marcha. En

177

el centro del andén escuchamos el último saludo de Mischa. Después, mientras pasa el vagón 14, nos llega el largo adiós de Etty con una lluvia de cartulinas.

El convoy desaparece en pocos segundos. Nos agachamos a recoger sus últimas palabras. Se despide por escrito de los amigos del Palace, de las enfermeras, de las voluntarias. Otra vez me han robado la vida, Daniel. Subo de nuevo al sendero alto, junto a los álamos silenciosos, y oigo su voz llena de encanto entre las líneas que leo.

Acaban de cerrar el vagón de ganado, Osias, pero te veo por una rendija entre las tablas. Sigues ahí, inmóvil. Aunque no puedes verme, siento que tus ojos traspasan la madera. Creo que intentas sonreír. Estamos apretados, pero consigo sentarme sobre mi mochila y escribirte estas líneas. Abro la Biblia al azar y encuentro estas palabras: «El Señor es mi espacio más sagrado». Antes de que sellaran el vagón has pasado una hora bajo la lluvia, mirándome en silencio, leyendo en mis ojos una irrevocable declaración de amor. El tren se pone en marcha y yo te tiro esta tarjeta. Me esperarás, ¿verdad?

Tercera parte

La liberación

Este cuaderno se abre, Daniel, en agosto de 1942, con la llegada de Etty Hillesum a Westerbork.

Hoy, 8 de abril de 1945, casi tres años después de aquella escena, estoy escribiendo sobre la misma mesa, en el mismo despacho y el mismo barracón de oficinas. El sol también se oculta, igual que aquella tarde, sobre la ladera de altramuces. Pero todo es muy diferente. Al amanecer, la compañía de las SS ha abandonado el campo, pues la llegada de las tropas aliadas parece inminente.

La pesadilla, hijo mío, ha terminado. Tú eres el primero con quien comparto, aunque sea de forma virtual, este sentimiento indescriptible. Si estuvieras aquí me verías extenuado y feliz, inclinado ante el cuaderno donde he ido contando los últimos seis años de mi vida, los mismos que tú tienes ahora al otro lado del Atlántico.

Más que extenuado, estoy hecho un guiñapo, pues he vomitado dos veces, tengo escalofríos y me duele mucho la cabeza.

Hospital en Ámsterdam

Salto del 8 al 23 de abril, Daniel. Estoy ingresado en un hospital de Ámsterdam. Me encuentro entre sábanas limpias, en una pequeña estancia con artesonado alto, bañada por una luz que tamizan lienzos de lino en las ventanas. Reina un silencio que no rompen órdenes militares ni silbatos. A mi derecha, en la pared, dos buenas copias de Frans Hals.

Me han lavado esta mañana, me han cambiado el pijama y huelo bien. Son sensaciones elementales, casi olvidadas cuando sumas años de reclusión a tus espaldas. Pero ahora soy libre: mis cinco sentidos me lo aseguran a cada instante.

Me han traído la comida hace dos horas, después de explicarme que he vencido al tifus, tras varios días de fiebre alta, delirios y confusión. Ayudado por una enfermera, antes de comer he podido levantarme y ver la amplia sala contigua, con veinte camas ocupadas por algunos de los últimos supervivientes de Westerbork. Sin quitarme la mascarilla, me ha permitido estrechar la mano a todos.

Siento mi cama como un oasis donde escribo sobre el cuaderno apoyado en las rodillas. Por la letra podrás apreciar que me tiembla un poco la mano. Acaba de entrar la joven enfermera del turno de tarde. Después de comprobar el pulso y la temperatura, me dice que soy uno de los pocos hombres evacuados de Westerbork por los aliados, hace dos semanas. Le pregunto por Jerzy, por Boris y el resto de los jefes. Me dice que ingresaron conmigo en el hospital y que fueron dados de alta al cabo de cuarenta y ocho horas de observación. Doy gracias a Dios en voz alta. Tengo claro que su designio nos ha permitido permanecer juntos hasta el fin de la guerra, después de compartir innumerables penurias, inolvidables sobremesas, incontables conversaciones. Hemos sudado, tiritado y trabajado hombro con hombro hasta la extenuación. Hemos maldecido nuestra suerte y reído a carcajadas. Llevamos a nuestras espaldas historias duras y hermosas, anécdotas increíbles, amistades incomparables.

Soy consciente de que vivimos de milagro, después de pasar tres días escondidos en el primitivo tanque de combustible de las cocinas, un refugio que no pudieron sospechar los asesinos que remataron a la mayoría de nuestros compañeros. Solo entonces, cuando ya se había desatado la cacería humana, los jefes de los barracones nos escondimos con Vitali en ese zulo oxidado, comido por la maleza y los escaramujos. Si al entrar éramos un grupo de hombres hambrientos, todavía hubimos de sufrir setenta horas de ayuno riguroso en completo silencio, torturados por el hambre, la sed y el miedo. En comparación, el vientre del caballo de Troya fue un hotel de lujo para los hombres de Ulises. **183**

Fuimos rescatados *in extremis*. Más muertos que vivos, me asegura la enfermera. Ahora, mis ganas de escribir son, para esta joven voluntaria de la Cruz Roja, prueba irrefutable de mejoría. Me cuenta que este hospital de campaña ha sido improvisado en los cuatro pisos del ala oeste del Palacio de los Artistas, con amplios ventanales sobre un parque atravesado por el canal Orange.

Esta mañana, al despertar sin fiebre y sin dolores, no he podido contener la emoción, invadido por los recuerdos del campo y unas pocas nostalgias esenciales. Lo primero que salió de mis labios, cuando mis ojos se abrieron y se encontraron con un semblante apacible, fue una de las palabras más hermosas en cualquier lengua: «Gracias». Después, una pregunta cargada de ansiedad: «¿Mi mochila?». «Se la traigo ahora mismo», repuso la enfermera.

De esa pequeña bolsa de loneta gris no me había separado desde tu nacimiento, Daniel. Cuando la tuve de nuevo en mis manos comprobé que no faltaba vuestra foto: tú, recién nacido, dormido en el regazo de tu encantadora madre. También estaban las cartas de Etty y este cuaderno. Supongo que nunca me habría perdonado la pérdida del macuto. Te puedo asegurar que gracias a esa foto no he sido gaseado ni convertido en cenizas, como una muchedumbre incontable de judíos. Dios sabe que solo la esperanza de encontrarnos de nuevo ha sostenido la lucha tan desigual entre este insignificante David y el Goliat nazi. Una esperanza con altibajos inevitables, asediada a menudo por las preguntas sin respuesta que bien podrás imaginar, pero más poderosa que esa lacerante incertidumbre.

Me canso y creo que voy a seguir durmiendo, Dan. Mañana te contaré más novedades.

Han Wegerif

—Tiene una visita, doctor Korman.

Hace diez horas entreabrí los ojos y me sorprendió la claridad del día. Junto a la enfermera Stein, un hombre corpulento, elegante, inclinó levemente la cabeza antes de presentarse.

—Buenos días, doctor. Mi nombre es Han Wegerif.

—¿Papá Han?

—Veo que tiene usted buenos reflejos —reconoció con una sonrisa.

Me incorporé hasta recostarme contra la cabecera de la cama y le ofrecí mi silla.

—Tome asiento, por favor. Etty nos hablaba mucho de usted.

—Por ella estoy aquí, doctor Korman. He venido a cumplir un encargo suyo.

—Gracias, señor Wegerif.

—Puede llamarme Han, doctor.

–Entonces, Han, gracias también por haberla cuidado. Sus nervios necesitaban la tranquilidad que solo encontraba en su casa.

–De eso precisamente he venido a hablar, señor Korman. Aunque le cueste creerlo, Etty gozaba de buena salud. Sus problemas de nervios y de estómago, sus dolores de cabeza y su insomnio, eran fingidos, aunque mejor sería decir que eran literarios, pues solo se manifiestan en las cartas expuestas a la censura.

Han Wegerif se calla y me observa con atención. Espera, sin duda, mi desconcierto. Pero el desconcertado es él cuando me ve asentir. No sabe que, en realidad, sus palabras ratifican lo que yo sospechaba, y que mi profesión me enseña a no asombrarme.

–Siga, por favor.

–¿Sabía usted que Etty fingía?

–Tenía mis dudas, porque en su aspecto jovial no había nada enfermizo.

–¿Y sabía que Etty tampoco fue a Westerbork como enfermera?

–Pues no lo hizo nada mal. ¿No me irá a decir que era una espía alemana?

–No exactamente, doctor –respondió Wegerif con su segunda sonrisa–. La misión de Etty era evaluar la situación del campo, informar al Consejo Judío y coordinar una ambiciosa operación de fuga.

–No conocía esa misión, señor Wegerif, y no me encaja en el perfil de Etty. Quizá por eso ha fracasado.

–No ha fracasado, doctor Korman. El plan ha sido un éxito.

–No le entiendo. Huir de Westerbork era imposible. Algunos prisioneros murieron ametrallados o electrocutados al intentarlo, pero ninguno consiguió escapar.

–Lo han logrado más de mil, doctor, y he venido a contárselo.

Han Wegerif habla despacio y mide el efecto de sus palabras en mi cara de asombro. Se diría que disfruta al verme descolocado, como si mi desconcierto le otorgara cierta superioridad.

–¿Recuerda usted los viajes del carro fúnebre a la sima de la granja Grottën, doctor? Precisamente sobre ese carro se llevó a cabo la gran evasión.

No sé, Daniel, si este hombre está bien de la cabeza, me está tomando el pelo o estoy soñando esta conversación. En cualquier caso, su afirmación es tan insostenible que no me molesto en responder. Tampoco me apetece seguir oyéndole, pero un psiquiatra está habituado a escuchar con educación las historias más peregrinas.

–Que yo sepa, Han, ese carro solo llevaba muertos.

–Eran muertos fingidos.

–¿Cómo dice?

–Sí, doctor. Los cadáveres evacuados en el carro estaban vivos.

–Entonces no eran cadáveres, señor Wegerif.

–No lo eran, por supuesto.

–Pero el médico nazi certificaba cada defunción.

–Usted sabe, doctor, que el forense no pisaba el barracón de infecciosos y firmaba lo que le pusieran delante Otto y Max.

—Sé perfectamente que el forense firmaba sin pestañear y con guantes, por miedo a que el papel estuviera infectado. Pero usted va mucho más lejos y está sugiriendo que en Westerbork no hubo una epidemia de tifus.

—No lo sugiero, doctor. Lo afirmo. Solo hubo brotes controlados.

Te estoy resumiendo, Daniel, el diálogo que mantuve esta mañana con el propietario de la casa de huéspedes donde vivía Etty en Ámsterdam. Lo que Han me iba contando no encajaba de ninguna forma con lo que yo sabía o creía saber. Ya sé que las apariencias engañan, y soy el primero en admitir un margen de error en mis juicios, pero en este caso se estaba llamando blanco a lo negro.

—¿Quién tuvo la idea de inventar una epidemia, señor Wegerif?

—Otto y Max, doctor. Al ver la histeria de Gemmeker ante los primeros enfermos realmente infectados, pensaron que se podría evacuar diariamente a prisioneros sanos, haciendo creer a los nazis que se trataba de cadáveres en descomposición.

Cuando le pido pormenores, Han Wegerif me cuenta que Otto y Max comenzaron la farsa tomando muestras de sangre entre los prisioneros. Sin analizarla, a algunos les comunicaban que podían estar incubando el tifus, y que era cuestión de vida o muerte ingresar en el hospital para atajar el incipiente brote.

Poco más tarde, a los hospitalizados se les iba pasando, en grupos de tres, a un cobertizo donde estaba preparado el carro que les conduciría hasta la granja Grottën. Solo entonces se les decía la verdad: que estaban perfectamente sanos y a punto de ser liberados. Para ello tenían que tumbarse en el carro, soportar su olor y no mover un músculo durante el trayecto, porque una simple tos o un estornudo tendrían consecuencias funestas para todo Westerbork. Sin más explicaciones, se les aseguraba que el Consejo Judío les escondería hasta el final de la guerra.

—Todo muy claro, señor Wegerif. Pero yo he visto salir a diario ese carro, llevando tres cadáveres en cada viaje.

—¿En algún caso, doctor, retiró usted la mortaja y comprobó que realmente eran cuerpos sin vida?

—No hacía falta: un hedor insoportable e inconfundible era la prueba definitiva.

—Eso pensaron los nazis y todos los prisioneros del campo, señor Korman. Pero fueron engañados, igual que usted. Bajo las tablas del carro, en un falso fondo, viajaban los verdaderos cuerpos en descomposición: pequeños animales sacrificados días antes con ese objetivo.

—Quizá no lo sepa, Han, pero en Westerbork, durante la epidemia, no había animales: el hambre apretaba tanto que nos comíamos hasta las ratas.

—Se comían todo lo que pillaban, doctor, pero no los patos, los perros y los gatos que ya venían muertos de la granja Grottën, ocultos en el carro.

—De todas formas, señor Wegerif, la pestilencia nos envolvía a todas horas, no solo cuando pasaba el carro de la muerte.

—Así conseguimos hacer creíble la gran mentira, doctor. El olor nauseabundo, y usted lo acaba de reconocer, actuó como prueba irrefutable de una defunción masiva e incontrolada. Para conseguirlo, a Boris se le ocurrió esconder animales muertos en el tejado del propio barracón de infecciosos. De eso se encargó su propio hijo, con la excusa de coger nidos y poner trampas a los pájaros.

–¿Quién estaba al corriente de la farsa, señor Wegerif?

–Solamente Etty, Boris, Otto y Max. De otra forma habría sido muy difícil asegurar el secreto.

–¿Y Vitali?

–Se limitaba a cumplir lo que le pedía su padre.

–¿Y el cochero?

–Estaba convencido de que transportaba cadáveres, y musitaba oraciones por sus almas. Un buen hombre, sin duda. Tenga en cuenta que enganchaba los caballos cuando el carro ya estaba preparado para partir. Al llegar al bosquecillo donde se encontraba la sima, dos aparceros de la granja descargaban los falsos cadáveres y lo despedían de inmediato.

–Bien, señor Wegerif. Etty confiaba plenamente en mí. Me gustaría saber por qué no me habló nunca de ese plan.

–Precisamente porque usted le importaba mucho, doctor. Si el plan fracasaba y los nazis tomaban represalias, Osias Korman estaría completamente limpio.

–Todo un detalle –reconocí–. Tampoco veo, señor Wegerif, la relación entre el plan de fuga y la mala salud fingida.

–Necesitábamos una coartada para que Etty pudiera salir de Westerbork con facilidad, sin despertar sospechas.

–Sigo sin entender. ¿Tanta importancia tenían sus clases en la universidad?

Han Wegerif me mira con la indulgencia que se dispensa a un niño o a un anciano.

–Etty estaba matriculada en Filología Eslava, es verdad. Pero no era la universidad quien la necesitaba en Ámsterdam, sino el Consejo Judío.

–¿Para teclear sobre una máquina de escribir?

–Para alojar a los fugados de Westerbork, doctor Korman. Etty tenía un sorprendente número de amigos no judíos, libres de toda sospecha y dispuestos a jugarse la vida por un motivo proporcionado. Sobre ellos empleó a fondo su enorme poder de convicción, con resultados excelentes.

–Admirable, Han. ¿Usted también estaba metido en esa operación?

–Hasta el cuello, doctor. Pero mi cometido era crear y disimular espacios habitables para los fugados.

–¿Se refiere a falsos techos y dobles paredes?

–En efecto. Sobre todo en granjas y casas de campo. Los graneros holandeses tienen grandes dimensiones y tejado a dos aguas. El espacio triangular que se crea bajo la techumbre es perfecto para ocultar a una docena de refugiados.

Apruebo con admiración, sin comentarios. Han Wegerif añade que también elegían palacios y castillos, cúpulas grandes, monasterios... En todo caso, salas y habitaciones de techos muy altos, capaces de ceder un metro de su altura: el espacio necesario para que los escondidos pudieran sentarse.

–¿Es usted arquitecto, Han?

–Tengo una pequeña empresa de construcción. La coartada perfecta para reunir una cuadrilla de albañiles y carpinteros bien adiestrados, capaces de trabajar en un tiempo récord sin dejar señales de obra reciente. Y de no soltar prenda en un eventual interrogatorio de la Gestapo, por supuesto.

Gemmeker

Ayer, antes de irse, Wegerif me contó que ahora se encarga de realojar a los supervivientes de Westerbork. Entre hombres, mujeres y niños, noventa y tres. También me anunció que hoy vendría a verme Jerzy después del desayuno. La alusión a tu tío me ha recordado la importancia de la exactitud testimonial, de la que dejo como prueba este pequeño cuadro cronológico.

Sept. 1939	Las tropas alemanas invaden Polonia
	Gran Bretaña y Francia declaran la guerra a Alemania
Octubre	Se crea Westerbork como campo de refugiados
Noviembre	Se crea el gueto de Varsovia
Mayo 1940	Alemania invade Holanda, Bélgica y Francia

Julio 1942	Westerbork se convierte en campo de prisioneros
Agosto	Etty pasa dos semanas en Westerbork
Noviembre	Etty regresa a Westerbork durante otras dos semanas
Junio 1943	Tercera estancia de Etty en Westerbork
Septiembre	Etty es deportada a Auschwitz
Abril 1945	Tropas canadienses liberan Westerbork

Jerzy, puntual, vestido con un traje impecable y un buen afeitado, me trae ropa limpia y me observa con atención. Luego va directamente al grano, sin una concesión a la sensiblería.

–Osias, tienes que levantarte. Nos vamos a América dentro de una semana. Ya tengo los pasajes.

–No me digas que también es un apaño de Wegerif.

–Aunque no te lo creas, es un regalo de Gemmeker.

–Me rindo, Jerzy. Desde ayer me creo cualquier cosa. Ya sé que en Westerbork no hubo epidemia de tifus, y que el millar de muertos fue, en realidad, un millar de evadidos.

–Gracias también a Gemmeker –añadió tu tío.

–¿Por lo fácil que ha sido engañarle?

–Por su complicidad con los judíos, Osias.

–Cada vez tengo más claro que las cosas no son lo que parecen, Jerzy, pero lo que estás diciendo no tiene pies ni cabeza. Todos sabemos que Gemmeker ha sido un nazi sin escrúpulos.

–Es lo que ha fingido hasta el final. Sin embargo, detrás de la máscara militar estaba su conciencia.

–¿Un nazi con conciencia, Jerzy? –pregunté con ironía.

–Gemmeker no era nazi, Osias. Era cristiano. Igual que muchos militares alemanes con esvástica.

Si Jerzy nunca habla a la ligera, mucho menos podía frivolizar ahora. Pero yo necesitaba más respuestas.

–¿Cómo lo sabes?

–Las clases de historia a sus hijos solían acabar en conversaciones entre el profesor y el comandante.

–¿Eso significa que sabía que los muertos estaban vivos?

–Por supuesto. Cuando le conté nuestro plan, él ordenó al forense y a la escolta no retirar jamás una mortaja.

–¿Lo sabían Boris, Otto y Max?

–No hubiera sido prudente que lo supieran.

–¿Y los pasajes, Jerzy? ¿Es verdad que te los ha dado?

–No me preguntes cómo los consiguió, porque lo ignoro. Solo sé que al finalizar la última clase a sus hijos, agradeció nuestras conversaciones, puso en mi mano cinco billetes y me deseó suerte.

–¿Por qué cinco?

–Porque le confié que mi sueño era viajar a la tierra prometida con Boris y Vitali, contigo y con Etty.

–¿Qué harás ahora con el pasaje de Etty? –preguntó el hombre más desalentado del mundo, mientras el sol de abril encendía la habitación. Entonces, Jerzy apartó un visillo y paseó por el jardín del palacio sus ojos deslumbrados.

–Se lo he dado a ella –respondió sin volverse.

Después abrió la ventana y dejó que la brisa entrara con el canto de un mirlo y todas las promesas de la primavera.

Índice

José Ramón Ayllón

Es editor de *Nueva Revista*. Ha publicado en Bambú una novela que no debes perderte: *Otoño azul,* y en Casals el libro de texto Ética 4º ESO y *La película de la vida,* sobre el origen y evolución del hombre y de los seres vivos.

Es especialista en bioética, profesor de literatura y filosofía, y finalista en los premios de ensayo Anagrama y Martínez Roca con *Desfile de modelos* y *La buena vida,* respectivamente.

Sus obras más traducidas son *10 ateos cambian de autobús* y *Vigo es Vivaldi.* Suele dar conferencias sobre temas educativos.

Puedes escribirle a la dirección joserra.ayllon@gmail.com

© Alfonso Puertas